Anke Wolff

Weil ich dich mag

Anke Wolff

Weil ich dich mag

Geschichten, die Geschenke sind

LangenMüller

Die Autorin

Anke Wolff, geboren 1941, ist Journalistin und arbeitet an einer norddeutschen Lokalzeitung als Redakteurin und Kolumnistin. Sie ist außerdem eine bekannte Kinder- und Jugendbuchautorin, die bisher über dreißig Titel veröffentlicht hat. »Lass es dir gut gehen« erschien 2003 bei LangenMüller. Anke Wolff lebt mit ihrer Familie in Burg auf Fehmarn.

Besuchen Sie uns im Internet unter
http://www.langen-mueller-verlag.de

Schutzumschlag: Wolfgang Heinzel
Illustration: ZEFA, Düsseldorf
Herstellung und Satz: VerlagsService Dr. Helmut Neuberger
& Karl Schaumann GmbH, Heimstetten
Gesetzt aus der 10/14 Punkt ITCBQ-Garamond
Druck und Binden: GGP Media GmbH, Pößneck
Printed in Germany
ISBN 3-7844-3005-8

Inhalt

In Tagen voller Fröhlichkeit

In Tagen, die die Seele streicheln

In Tagen, die sich launisch zeigen

In Tagen voller Fröhlichkeit

Ein Hamster auf dem Kaffeetisch

Ich gehe einmal davon aus, dass Sie erfahren sind im Umgang mit jungen Leuten. Weil ich nämlich voraussetzen möchte, dass Sie solche Sprüche kennen wie »Ich glaub', mich knutscht ein Elch ..., mich tritt ein Pferd, ... mein Hamster bohnert ...«

Wie ich mir die Knutscherei mit einem Elch vorstellen soll, kann ich weniger deuten als den Tritt von einem Pferd. Ganz ins Bild gerückt ist mir jedoch die Vorstellung vom bohnernden Hamster, seit ...

... man mich wieder einmal auserkoren hat, den Animalsitter zu spielen (gehört in die Berufssparte Babyaufsicht). Mit einigen imaginären Orden ausgezeichnet, die mir die hervorragende Qualifikation für gelegentliche häusliche Pflege von Hund, Katze, Kaninchen, Sittich, Regenwürmern, Kellerasseln und Marienkäfern bescheinigt, auch ein Pferd hat man mir schon an den Gartenzaun gebunden, bin ich eine beliebte Anlaufstelle für Menschen und deren »Tiere in Not«, die nicht mit in den Urlaub dürfen.

Gestern setzten mir zwei junge Leute nun einen Hamster auf den Tisch. Mitten zwischen leeren Kaffeetassen und abgeräumten Kuchentellern wieselte das kleine braune Monster über den weißen Damast und ließ sich von meinem entsetzten Aufschrei keinesfalls aus der Ruhe bringen. Die jungen Leute seufzten tief und verständnislos wegen meiner Schreckhaftigkeit angesichts eines mausähnlichen Nagers auf meinem Kaffeetisch: Ein Hamster, *ihr* Hamster, brauche die Freiheit weiträumiger Ausläufe, in der freien Wildbahn marschiere so ein Tierchen nämlich am Tage stramm seine dreißig Kilometer.

Ich wagte den zaghaften Einwand, dass dafür in der Regel doch wohl nicht Kaffeetische herhalten müssten, sondern eher Pampas und Steppen oder bestenfalls ein Garten. Die jungen Leute kräuselten die Stirn und mahnten mich ohne Worte, keinen Generationskonflikt heraufzubeschwören. Ich baute derweil dem hin und her huschenden kleinen Wischmob auf meinem Kaffeetisch heimlich eine Barriere aus Servietten, weil er sich anschickte, in den Sahnetopf hineinzuschnuppern.

Fips kroch alsdann seinem Herrchen in den Sweatshirtärmel und arbeitete sich unter fleeceweichem Gewebe auf scheinbar buckeliger Strecke an dessen Hals herauf, spähte über den Kragenrand und tauchte wieder ab in die Dunkelheit, den Rücken hinunter. Mir liefen Schauer über den eigenen, während man mir ans Herz legte, abends während der Fernsehstunde genau diese Übung zu wiederholen. Das Tierchen sei gewöhnt an seine abendliche Turnstrecke Arme hinauf und Rücken hinunter. Ich müsse mich nur in Acht nehmen, dass ich mich nicht versehentlich rücklings auf ihn setzte, das verursache hässliche Quietschgeräusche, wenn nicht sogar kurze Bewusstlosigkeit, was man alles schon erlebt habe.

So eine Hamsterverwahrung bedeute so gut wie keinen Aufwand an Pflege, wurde mir versichert. Das nachtaktive Tierchen schlafe tagsüber und wolle lediglich am Abend unterhalten werden, nehme gern ein Stück Salatgurke zu sich, Möhre oder Kohlrabi. Auch Erdnüsse packe sich der liebe Kleine gern in die Backentaschen, Apfelspalten, Knäckebrot, rohe Kartoffeln und – wegen der Proteine – hin und wieder einen Käfer. Ganz wild sei er auf Löwenzahn, den man ja bei näherem Hinsehen noch im Garten finde.

Das Tier, das Fips heißt und täglich angeblich dreißig Kilometer marschieren möchte, schläft zur Stunde noch. Es wohnt gerade mal einen halben Tag unter meinem Dach. Die jungen Leute haben ihm und mir allerlei gute Verhaltensregeln dagelassen, als sie gingen. Drei Tage lang soll ich nun einen Hamster unterhalten. Ich lausche gerade, ob es schon raschelt im Heu des Käfigs, in dem das kleine Ungeheuer sich vorbereitet, mir den Feierabend zu vermiesen.

Ich will ihm vorsorglich schon mal das Türchen öffnen, wegen des weiträumigen Auslaufs. Vielleicht ist er später dann so müde, dass er gar nicht mehr meine Arme hinauf- und den Rücken hinunterkraxeln möchte und mein Fernsehfeierabend gerettet wäre.

Schnell noch diesen Brief zu Ende geschrieben und den da beantwortet. Und nun will ich aufstehen und vorsichtig mit den Fingern das Käfigheu durchharken, damit der kleine Kerl sich rührt, da stelle ich fest, dass der längst über alle Berge ist. Wenn der kleine Teufel nur nicht an irgendeinem Elektrokabel nagt! Mein Blutdruck steigt, und meine Pupillen weiten sich beim Spähen hinter Vorhänge und unter Teppichkanten.

Wenn jetzt jemand ins Zimmer kommt und mich fragt, was ich hier treibe, auf allen vieren hinter Sofa, Tisch und Stühlen: Dann werde ich ihm – verdammt noch mal – zurufen: »Ich glaub', mein Hamster bohnert!«

Doch nur ein wenig umgedichtet

Werden Sie in Ihrem Job hin und wieder auch einmal gescholten, so richtig angemeckert, wie die junge Generation sich ausdrückt? Wenn das nicht der Fall sein sollte, dann haben Sie sicher eine so gründliche Ausbildung genossen, dass ihnen kein Chef an den Kragen gehen kann, dass Sie alles perfekt machen. Vielleicht haben Sie studiert, acht Semester Pädagogik oder mehr, vielleicht haben Sie eine Lehre absolviert, Kurse belegt, sich das großzügige, umfangreiche Bildungsangebot unserer Zeit zunutze gemacht. Da kann ich Ihnen nur gratulieren. Wie glücklich sind Sie dran!

Ich rede hier einmal von dem Beruf der Mütter, die niemand für ihren Job jemals ausgebildet hat und von denen trotzdem ein Höchstmaß an Wissen und Bildung, an Kreativität und handwerklichem Geschick verlangt wird. Sich das Studienfach »Mutter« im Programm einer Hochschule vorzustellen – einfach kurios. Eine jahrelange Lehre mit Schlussdiplom »Mutter« – auch purer Witz. Nein, an die Ausbildung einer Mutter hat noch niemals jemand gedacht, nicht einmal die Volkshochschulen bieten Kurse an, die Mütter mit wertvollen Ratschlägen versorgen. Mütter sind Autodidakten und auf der sozialpolitischen Bühne kaum existent. Das ist doch ein wenig übertrieben, meinen Sie, liebe Freundin, und besonders Sie, lieber Freund? Warum muss man so aufs Jammern aus sein, fragen Sie?

Ich will es Ihnen verraten, was mich anspornt, eine Lanze für die Mütter zu brechen.

Meine Nachkommen haben mir gerade wieder einmal die Leviten gelesen. Wer halbwüchsige Kinder hat, wird wissen, wie so etwas vonstatten geht. Da fängt der eine an, und der andere legt etwas darauf. Ähnlich wie bei der Entstehung einer Schichttorte geht es da zu. Sie ergötzen sich geradezu daran, was Mütter früher, als die Gören klein gewesen sind, alles falsch gemacht haben, und stellen mit erhobenem Zeigefinger fest, hier hätte man doch etwas großzügiger sein können und da die junge Schar etwas härter an die Kandare nehmen müssen.

Zum Beispiel, sagt die Älteste, zum Beispiel in diesem Fall. Und sie singt ein Kinderlied, das vom Kuckuck und dem Esel, und stellt bei der letzten Strophe fest, dass Mama den Text vor Jahren erheblich verfremdet hat. Dies sei kein Einzelfall gewesen, so manches Liedgut aus dem Reich der Kleinkinder sei von mir, der Mutter mit der blühenden Fantasie, zugunsten eines friedlichen Ausgangs umgedichtet worden.

Natürlich muss ich mich dazu verteidigen. »Ihr habt ja jedes Mal weinerlich das Gesicht verzogen. Zum Beispiel, wenn es hieß: »My cock is dead, my cock is dead.«

Die Gören grinsen sich einig zu und reiben es mir unter die Nase, dass ich aus dem toten einen glücklichen Hahn gemacht habe: »My cock is glad, my cock is glad«, helfen sie mir im Duett auf die Sprünge. Es fällt ihnen natürlich auch ein, dass das Lied von den zehn kleinen Negerlein zugunsten sensibler Kinderseelen umgetextet wurde. Wie konnte ich die denn alle zehn auf Nimmerwiedersehen verschwinden lassen, wenn sich die Kinderaugen vor mir mit Tränen füllten? Also hieß bei mir die letzte Strophe: Zehn kleine Negerlein, die waren wieder da, da haben alle laut geschrien: Hurra, hurra, hurra! »Ihr könnt es ja bei eurem eigenen Nachwuchs später einmal besser machen«, gehe ich in die Offensive, weil das Gekicher mehr und mehr anschwillt. »Mutter!« Entrüstung und Mitleid.

»Traurige Texte und sentimentale Noten wie bei den Königskindern, die einander so lieb hatten und ertrinken mussten, das hält doch keine Kinderseele aus«, starte ich einen Verteidigungsversuch.

»Mutter!« Ein Wort als Streicheleinheit, aber es schwingt doch eine gehörige Portion Ironie mit.

»Und überhaupt, die Märchen sind ja schon grausam genug«, weiß ich auch noch, aber die jugendlichen Kritiker merken nicht, worauf ich hinaus will. Auch hier habe ich manchmal kräftig umgedichtet. Sie scheinen es vergessen zu haben, Glück gehabt.

Wenn schon im Fadenkreuz ihrer Kritik, werfen sie mir auch noch vor, ich hätte ihnen mit meiner ausufernden Fantasie den Bungsberg verfremdet und einen Bumsberg daraus gemacht. Aber hier werde ich nun laut und energisch. »So etwas nicht, Kinder, so etwas nicht! Niemals hätte ich euch damit auflaufen lassen!«

»Wegen der Hexe«, behaupten sie sich zu erinnern, »die soll in der Walpurgisnacht dagegen gebumst sein.«

»Ach so«, flüstere ich und zürne meiner Fantasie.

»Und dass Cousine Imke im Unterricht, erste Klasse, die Pampashasen bei Hagenbeck einmal als Pampershasen mit Windel laufen ließ, hm, Mutter, geht das nicht auch auf dein Konto?«

Ich will sofort einen Anwalt! Einen Rechtsbeistand für Mütter, die ohnehin immer in die Ecke gedrängt werden. Oder besser noch, ich fordere eine Ausbildung für Mütter, damit sie ihren halbwüchsigen Nachkommen gekonnt Paroli bieten können, wenn die ihnen irgendwann süffisant grinsend auf die Schulter klopfen und in einer Mischung aus Vorwurf und Mitleid *Mutter* sagen, in einem Ton, dass man ein gehöriges Stück kleiner wird und sich heimlich fragt: Wirst du jetzt alt?

»Was, du spielst nicht Bridge?!«

Wenn ich Freundin Erika in Ahrensburg besuche, dann bestaune ich jedes Mal ihr kleines Zimmerchen zwischen Wohnraum und Küche. Eine halb geöffnete Tür, die in ein geheimnisvolles Reich führt, in dem irgendetwas atmet. Sieht so aus, als gingen hier ganz bestimmte Besucher mit extravaganten Absichten ständig ein und aus und würden, geistesverklärt und metaphysisch verschworen, jedes Mal vergessen, die Tür hinter sich zu schließen, vor lauter Drang zu einem geheimnisvollen Umtrieb im Innern des Zimmerchens, dessen Interieur für sich spricht. Dort steht ein schlichter runder Tisch, drum herum vier Stühle, der fünfte wurde abgerückt. Die Jalousie halb heruntergelassen, das Licht sorgsam gezügelt. Könnte ein kleines Speisezimmer sein, möchte man vermuten, denn der Tisch ist ständig gedeckt. Eine seltsame Dekoration für eine besondere Art der Nahrungsaufnahme, eine mit geistigen Kauwerkzeugen.

Jedes Mal schaue ich fasziniert hinein, wenn ich Erika besuche, magisch zieht es mich heimlich in den Türspalt, während sie in der Küche den Kaffee aufbrüht und die Sahne schlägt und wir uns gegenseitig etwas zurufen. Aufarbeitung jüngst verstrichener Ereignisse, was die Kinder so tun, die Politik ausbrütet, die neue Mode uns bringt.

Plötzlich steht sie dann hinter mir und schaut auch in das Zimmerchen hinein. Es flammt ein Leuchten über ihr Gesicht. Die Augen strahlen. Und ich runzle die Stirn. Morgen treffen wir uns wieder, erfahre ich. Und sie reibt sich erwartungsvoll die Hände.

Wie bei Theodor Fontane, schießt es mir durch den Kopf. Die Brücke am Tay. Wann treffen wir wieder zusammen ... Und das kleine Zimmer wird noch eine Spur dämmeriger und wirkt an seinem Geheimnis.

Zweimal wöchentlich empfängt Erika hier Gäste, für den Rest der Woche sind Annalene dran und Dörte und Hannah. Vroni als Springer fehlt zurzeit, die nimmt außerhalb der Landesgrenze an einem Turnier teil. Vroni ist die mit dem heimlichen Speziallehrer. Vor Aufregung hat die Arme vorher noch zum Arzt gemusst, eine kleine Entgleisung im psychovegetativen Bereich, aber die kriegt sie mit einem Tranquilizer wieder in den Griff.

Sie baut das Spielfeld jedes Mal nach Schluss der letzten Runde gleich wieder ordentlich auf, damit man sich ohne Hindernis spontan jederzeit wieder hinsetzen und von vorn beginnen kann, sagt Erika. Panta rhei, alles fließt. Das ist der Rhythmus, der in ihr steckt. Der kommt vom Motor der Freude, die bei dieser Sache bis zur Ekstase mitschwingt. Und das alles bewirken zweiundfünfzig Karten, die Biddingboxen, vier Spieler und eine ungemeine Lust zu reizen.

Erika gilt, das weiß ich von irgendwoher, in ihrem Freundeskreis als Magnetnadel auf dem Kompass, mit dessen Hilfe die so genannte feine Gesellschaft ihrer Heimatgemeinde nach geistiger Betätigung sucht, um in einem Zeitalter, in dem Demenz und Alzheimer warnend von sich reden machen, vorzubeugen, dem Geist sozusagen Turnschuhe anzuziehen.

Erika ist der Leitstern für die Damen vom Bridge!

Bridge sei nicht nur einfach Kartenspiel, Bridge sei mehr, klärt mich Erika auf, und wie ein Gourmet redet sie vom großen Schlemm, dem Größten, was du reizen kannst. Acht Stunden am Stück verbringt sie als Gefangene eines »unglaublichen Reizes der Vielfältigkeit« und ist nach zwanzig Jahren passionierter Spielleidenschaft immer noch Feuer und Flamme.

Ich ducke mich jedes Mal wie eine graue Maus, wenn Erika von ihrer »geistigen Altersversorgung« schwärmt, und erzähle ihr kleinlaut, dass auch in meiner Heimatstadt alles um mich herum am Bridgen ist. Keine Gesellschaft, in der das Thema nicht diskutiert wird, und jedes Mal werde ich wie eine geistig

Verwahrloste vorwurfsvoll gefragt: Was, du spielst nicht?

Nein!

Na so was!

Und am liebsten würden sie mir und meiner krausen Stirn auf der Stelle die Karten hinlegen, auf dass ich schleunigst Versäumtes nachhole, nämlich die Mitgliedschaft in einem der Bridgeclubs, die sich in alle Richtungen um mich herum entwickeln.

Was soll ich nur tun? Verraten, dass ich eine nicht erklärbare Abneigung gegen Spiele habe? Dass ich mich schon unterm Weihnachtsbaum quäle, wenn die Kinder das neue Spiel auspacken und es ans Studieren der Regeln geht? Ich bitte um Nachsicht: Man foltert mich mit Monopoly, mit Skat oder Elfer raus. Vermutlich bin ich diesbezüglich ein Fall für die Psychologen.

Was soll ich antworten, wenn man mich demnächst wieder einmal fragen wird: Du spielst nicht Bridge? Bisher bin ich allen mit der Ausrede gekommen, dass ich mir diese Betätigung vielleicht für die Jahre ab siebzig vormerke. Aber das ist weiter nichts als eine sanfte Lüge. »Ich bin immer wieder davon gefangen; Bridge ist ein faszinierendes Spiel, nein, es ist mehr als das«, höre ich Erika. Was soll ich dem nur entgegensetzen?

»Merken Sie schon was?«

Helfen Sie mir doch bitte, ich leide unter einem Komplex! Sagen Sie mir, ich beschwöre Sie, dass es Ihnen auch so geht, dass Sie nur schwer den Ansprüchen anderer gerecht werden. Ich will präziser werden: dass Sie Hemmungen haben, wenn Sie die Erwartung anderer nicht erfüllen. Ich habe immer wieder das zweifelhafte Vergnügen, dass jemand, der mir Gutes tun möchte oder schon getan hat, dass ein solcher von mir eine überschwängliche Reaktion erwartet, die mich über mich selbst hinausträgt. Damit ich die wunderbare Zuwendung entsprechend würdige.

Ich komme gerade von einem Doktor, der mit Akupunkturnadeln versucht hat, ein schmerzendes Gelenk an mir zur Ruhe zu bringen. »Nun?«, fragte er großäugig, mit erwartungsvoll gespanntem Rücken, nachdem er mich eine halbe Stunde lang wie ein Insekt gestochen hatte, »nun, merken Sie schon was?«

Ich tue mich schwer damit, im Sinne der Wahrheit zu antworten: »Ich habe ein Problem.« Weil ich nämlich grundsätzlich nichts merke, wo ich etwas merken soll, wenn man es von mir erwartet.

Woran mag das nur liegen? Wenn der gesamten, fast schon schnarchenden Yogariege neben mir vor lauter Wohl- und Entspannungsgefühl warme Lava durch den Körper strömt, muss ich auf die Frage hin, ob ich schon etwas merke, leider antworten, dass ich anders bin. Das heißt, meistens schwindele ich, weil mir der Fragesteller Leid tut. Ich möchte niemanden, der Erwartungen in mich setzt, enttäuschen. Und so gerate ich fast jedes Mal ins Stammeln und antworte ausweichend mit »Ja, ein Drittel besser« oder »Moment mal, ich horche mal eben in mich hinein« oder »Im Augenblick noch nicht, aber es kommt bei mir immer später«.

Lauter hässliche Lügen, mit denen ich den Kopf aus der Schlinge zu ziehen versuche!

Ich sage es hier klipp und klar, in aller Deutlichkeit: Ich merke grundsätzlich nichts, wenn man mir eine Wünschelrute in die Hand drückt und diese eigentlich ausschlagen soll, ich merke auch nichts, wenn man Anstalten macht, mich in Hypnose zu versetzen, ich schramme auch glatt am Merken vorbei, wenn man mich fragt, ob ich nach dem Lutschen eines Hustenbonbons immer noch den Drang zum heiseren Bellen verspüre.

Ich muss endlich einmal eine Reaktion einstudieren, mit der ich Menschen gerecht werde, die mich in guter Absicht auf irgendeine Weise heilen wollen und nach der Behandlung erwartungsvoll fragen: Merken Sie schon was? Ich muss durch Autosuggestion lernen, tatsächlich die großartige Verwandlung des Körpergefühls wahrzunehmen, und sei es auf Teufel komm raus.

Vielleicht ist es das, dass ich den kleinen Teufel, der in uns allen steckt, nicht aus mir herauslasse, dass der die Zipperlein festhält, von denen die Medizinmänner mich befreien wollen. Mit Spritzen, Salben und Tabletten, Tinkturen, Eis und Bittertee. Was, bitteschön, soll ich denn freudestrahlend antworten auf die Frage hin: Merken Sie schon was?, wenn der Diavolo piccolo, Luzifers kleiner Schmerzmachergehilfe, die Kämpfe mit der Medizin für sich entscheidet und mich nichts merken lässt?

Ich bringe es nicht übers Herz, einen Doc nach der Verabreichung seiner Arznei um sein Erfolgserlebnis zu bringen, ich druckse herum wie jemand, der eine Sprachstörung hat, und scheue die klare, verneinende Aussage: Nein, ich merke nichts!

Warum nur ist das so?

»Sie müssen glauben!«, hat mir einmal ein Wunderheiler zum Vorwurf gemacht, der mein Wohlbefinden von Wasseradern und elektrischen Störfeldern abhängig machen wollte und den ich ausgelacht habe. Das ist lange her, aber es scheint mir heute, als liege hier die Wurzel meiner Zurückhaltung im Glauben an die Wirkung der Wunderheiler. Ich habe schon damals nichts gemerkt, wenn ich einer Wasserader zu nahe kam oder einem Telegrafenmast.

Ein Glück, dass ich noch nicht in die Bredouille geraten bin, mir eine Gürtelrose oder Warzen abzählen lassen zu müssen, bei Mondschein, Katzenkonzert und solchem Klimbim. Ich müsste wohl leider auch dabei passen und sagen: Ich merke nichts!

Man könnte mich nun für ein gefühlsarmes Individuum halten, für ein froschblütiges Wesen mit Verfalltemperatur, das auf gut gemeinte Hilfsbereitschaft nicht reagiert.

Dem möchte ich dann doch energisch widersprechen! Bei Kerzenlicht, rotem Vino, bei Vivaldimusik und einem gewissen Augenaufschlag von »ihm« würde ich auf die Frage hin »Merken Sie schon was?« mit einem klaren Ja antworten.

Aber das wäre die Ausnahme, wirklich.

Jeder hat doch seine Leiche im Keller

Wenn Sie Ihr Leben so überdenken – gibt es da kleine Geheimnisse, die Sie, diskret versiegelt, mit sich herumtragen? Möchte fragen: Gibt es kleine, dunkle Flecken auf den weißen Seiten Ihrer Vita, denen Sie weder mit Tintenkiller noch mit Radiergummi, auch nicht mit Korrekturlack beikommen? Über die Sie (im gnädigen Umgang mit sich selbst) die Hand halten, weil schließlich, wie man so schön sagt, jeder eine Leiche im Keller hat oder auch mehrere?

Und trotzdem ist es durchaus nicht so, dass sie Ihnen nichts anhaben können, diese kleinen, dunklen Flecken im Lebensbuch, vermute ich, denn sie sind da und zeugen von Ihren Unzulänglichkeiten, der Unvollkommenheit auf dem Weg durchs Leben, Sie hüten sie als Ihre kleinen Geheimnisse, die ja letztlich niemand anderen etwas angehen als Sie selbst. Und außerdem, mit dem Abstand der Jahre wird das tiefste Schwarz grau und immer ein wenig lichter, und so hofft man, dass die Flecken vielleicht am Ende des Lebens ganz verschwunden sein werden und durch Verjährung nichts mehr abgerechnet werden kann.

Ich hatte dieser Tage eine Runde jugendlicher Besucher an meinem Kaffeetisch, wir feierten etwas und waren froher Laune. Und da erzählte ich von meinem Ärger, dass am letzten Wochenende, vierzig Tage nach Silvester, ein jugendliches Trio mir nachts um ein Uhr auf dem Weg zu den Kneipen der Innenstadt Feuerwerkskörper in den Garten geworfen hätte. Nach der ersten Detonation hätte ich noch tief Luft geholt und den Unmut weggepustet; als die Knallerei jedoch Ausmaße annahm, sei ich zum Raubtier geworden und hätte der jugendli-chen Bande Drohungen hinterhergerufen, mit dem Erfolg, dass sie um vier Uhr morgens, auf dem Heimweg von ihrem nächtlichen Vergnügen, das Feuer aufs Neue eröffnete und sich diesmal mit full power die Fensterscheiben unseres Hauses zum Ziel nahm …

Von meinen jungen bis mittelalterlichen Gästen wurde ich beinahe entrüstet belehrt, dass man sich über Angriffe jugendlicher Streichespieler nicht ärgern, schon gar nicht laut schimpfend Rache androhen dürfe. Dieses könne, das müsse die Übeltäter direkt dazu herausfordern, einen neuen Anlauf zu nehmen.

Ich lächelte dazu gequält. Ich sollte mal ehrlich sein, wurde ich ermahnt, ob ich denn niemals kleine Jugendsünden begangen hätte? Solche gehörten doch zur normalen Entwicklung dazu. Und jeder meiner jungen Gäste machte mich freimütig mit den schwarzen Flecken in seinem Leben bekannt.

Der eine hatte in jungen Jahren mit seiner abenteuersüchtigen Freundesclique einer unbeliebten Nachbarin die behängte Wäscheleine durchgeschnitten, o weh. Und Klingelstreiche und Ähnliches, so etwas gehörte doch auf jedes Jugendsündenkonto. Harmlos meldete sich K. zu Wort. Sie habe als Mutprobe einmal ein Bonbon aus dem breit gefächerten Sortiment des Kaufhauses stibitzt und in den Mund gesteckt. Darunter habe sie lange gelitten. G. meldete sich mit Äpfelklauen und C. mit dem schon hinlänglich strapazierten Scherz, boshaft ein leeres Portemonnaie samt Nylonfaden auf dem Bürgersteig ausgelegt zu haben, um es räuberischen Fingern zu entreißen. Es wurde auch gebeichtet, dass man jugendlichen Überschuss an Erlebnisdrang mit anonymen Telefonanrufen befriedigt habe; mit Wasserbomben auf dem Balkon, losgedrehten Fahrradschlauchventilen, mit Notlügen im Matheunterricht oder Kritzeleien an Hauswänden, die einem verachteten »Feind« galten.

Als die Sündenregister aller aufgelistet worden waren und sich zu einem Strauß bunt schillernden jugendlichen Einfallsreichtums gebunden hatten, forderte man nun mich auf, einen ehrlichen Blick in ferne Jugendjahre schweifen zu lassen.

Natürlich musste ich mehrfach bedrängt werden, wer gibt schon gerne zu, was er auf dem Kerbholz hat? Ich kam letztlich nicht um die Beichte herum, dass ich, ein Kind der Nachkriegsjahre, mit meiner Freundin Elisabeth auf dem Burger Marktplatz einen Vivil-Automaten geknackt habe. Ich muss die Sache in mildes Licht tauchen.

Elisabeth, die sich heute schon bei den Engelein im Himmel ausruht, wusste, dass man mit einem dünnen Stöckchen den Automaten nur an den Füßen zu kitzeln brauchte, dann polterten uns die kleinen, grünen Päckchen mit den Pfefferminzbonbons dutzendweise vor die Füße. Himmel, war das ein Segen! Es gab doch damals außer Prickelpit, Goldnüssen und Affenlollys nichts, was uns das Leben versüßte.

»Und?«, fragte die jugendliche Gästerunde und grinste erwartungsvoll.

»Pech gehabt«, gestand ich kleinlaut. »Damals residierte die Polizei noch oben im Rathaus, und einer der Ordnungshüter lehnte am offenen Fenster und beobachtete unser Treiben. Wir wurden festgenommen!«

Ich glaube, ich habe damals stundenlang die Luft angehalten und von dem Zeitpunkt an eine mordsmäßige Angst vor grünen Uniformröcken gehabt. Und im Fehmarnschen Tageblatt, unserer Heimatzeitung, stand anderntags, nach unserem Bruch, eine kleine

Meldung: Appetit auf Süßigkeiten. ... Zwei kleine Mädchen ... und so weiter.

Ich schäme mich noch heute ein bisschen dafür, umso mehr, weil ich durch Elisabeths Abwesenheit jetzt allein für das krumme Ding geradezustehen habe. »Ein schwarzer Fleck in meinem Leben«, gestand ich meinen jungen Zuhörern, die gespannt lauschten.

»Mensch, Mutter«, meldete sich mein eigener Nachwuchs, »das hätten wir gar nicht von dir gedacht.« Und die anderen nickten beifällig. Ich meine, es lag etwas wie Anerkennung in ihren Gesten.

»Bitte, Leute«, brachte ich das Thema zum Abschluss, »schenkt mir niemals Vivil-Pfefferminz. Ich habe beim Lutschen jedes Mal das Gefühl, meine Leiche im Keller wird lebendig.«

Pythagoras lässt grüßen

Haben Sie sich nach der Schulentlassung auch so manches Mal an die Stirn getippt und verständnislos gefragt, wozu Sie dieses und jenes eigentlich lernen mussten? Ob das periodische System der chemischen Elemente, die Passage aus Shakespeares Macbeth oder die Kegelschnittlehre nach Euklid wirklich Einfluss auf die Gestaltung Ihres Lebensglücks nehmen würden?

Ich erlaube mir auch, Sie einmal zu fragen, ob Sie all die gut gemeinten Bildungsangebote angenommen haben, die man Ihnen in darauf folgenden Jahren zugute kommen lassen wollte, Buchwerke, in denen die Weisheit erblüht, mit denen Wissenslücken geschlossen, Bildung vorangetrieben wird. Es ist schon merkwürdig, das Geheimnis, weshalb man immerzu darauf aus ist, zu besonderen Anlässen Bücher zu schenken, die bilden, stimmt's?

Ich ahne, während ich meine Blicke unbemerkt über Ihre Bücherregale wandern lasse, dass Sie diese Werke, dicke Schwarten mit lehrreichem Inhalt, mit denen Verwandte und Freunde Ihnen durch die Jahre über manche Wissenslücke hinweghelfen wollten, kaum angerührt haben. Geben Sie es zu, dass Sie Senecas kluge Sprüche, Napoleons Biografie oder das Lexikon der Philosophen, dass Sie Nachschlagewerke über Cäsar und Heraklit nicht aus purer Lust an Unterhaltung zur Hand nehmen. Es reicht uns doch, wenn wir von dem einen den Spruch von den beleibten Männern und vom anderen den vom fließenden Wasser kennen.

Ausgerechnet mir, der konkurrenzlosen Niete auf dem Gebiet der Mathematik, hat vor vielen Jahren ein offenbar gut meinender Gönner das Buch mit dem Titel »Die Großen der Welt« geschenkt, in dem sich über vierhundert Seiten Wissenswertes ausgerechnet über mathematische Forschung ergießt. Obwohl das erste umfangreiche Kapitel Pythagoras gewidmet war, dem ich nach meiner Schulentlassung geschworen hatte, ihn niemals mehr im Leben auch nur eines Gedankens zu würdigen, und mir das Quadrat über der Hypotenuse des rechtwinkligen Dreiecks, das flächengleich ist mit der Summe der beiden Quadrate, die man über den Katheten errichten kann, für alle Zeit gestohlen bleiben könne, habe ich Pythagoras und seine Geistesverwandten aus dem Reich der Mathematik aufgrund einer gewissen Großmütigkeit im Bücherregal stehen lassen.

Sie wissen es ebenso gut wie ich, liebe Freundin, lieber Freund, mit welch launischer Beharrlichkeit uns das Leben zur Auseinandersetzung mit unseren Schwächen herausfordert.

Was kümmert sich Shakespeare, was kümmern sich Seneca, Darwin, Napoleon oder Mendel darum, dass wir uns mit ihnen schwer taten, dass sie mit Macbeth, römischer Staatsphilosophie, Artenauslese, mit der Schlacht bei Waterloo oder dem Erbfolgegesetz keinen Kontakt zu unseren grauen Zellen fanden! Für mich darf ich sagen: Was kümmert sich Pythagoras darum, dass ich ihm und seinem Quadrat über der Hypotenuse des rechtwinkligen Dreiecks damals für alle Zeit abgeschworen hatte!

Gestern habe ich Pythagoras endlich die Arme ausgebreitet und ihn in meinem Leben willkommen geheißen. Denn mein Jüngstverwandter suchte Stoff für ein Schülerreferat, das der Frage nachgehen sollte, wer der große Mann von Samos war. Wie dankbar habe ich nach vielen Jahren »Die Großen der Welt« aus dem Bücherregal gezogen und dem Rat suchenden Burschen mit stillem Triumph die Seiten aufgeschlagen, die uns gemeinsam zu einem Ausflug in das faszinierende Leben des Magiers zwischen zwei Welten einluden, der die Seelenwanderung lehrte, mathematische und astronomische Studien trieb und seine Schüler in einem organisierten Bund um sich sammelte. »Er wollte die Menschen von der breiten Straße auf den schmalen und steilen Pfad seiner Lebensart rufen«, habe ich mich belehren lassen und wieder etwas hinzugelernt: dass ich es mir zeitweise im Leben vielleicht auf einer breiten Straße zu bequem gemacht und den schmalen, steilen Pfad gescheut habe. Derweil strich mein Referatsbastler, nun reichlich mit Stoff versorgt, dankbar über die Buchseiten.

Liebe Freundin, lieber Freund, was ich damit sagen will: Schenken Sie unerschrocken weiterhin Lektüre, die bildet! Geburtstage und Konfirmationen stehen vor der Tür, ein Besuch bei Freunden ist immer im Programm. Gehen Sie mit einem weisen Lächeln darüber hinweg, wenn der Beschenkte noch leise die Nase rümpft. Irgendwann wird er, durstig vor Wissensdrang, die Seiten aufschlagen und den Inhalt in sich aufsaugen, wobei Wasser durchaus zu Wein werden kann. Sogar im Quadrat über der Hypotenuse, glauben Sie es mir!

Der liebe Gott hat einen großen, bunten Tiergarten

Ich sitze im Strandkorb. Heiß brennt die Julisonne. Das Meer schickt müde Wellen ans Ufer. Gezügeltes Temperament ist angesagt. Die Hitze fordert ihren Tribut und lässt uns an der Ostsee endlich einmal nachempfinden, was es mit der Siesta und dem Dolcefarniente in südlichen Ländern auf sich hat, nämlich die Unlust, sich bei diesen Temperaturen zu rühren. Selbst meine Möwe, die ich heimlich Jonathan getauft habe, hat sich heute noch nicht gemeldet. Jonathan holt sich gewöhnlich seine Mittagsmahlzeit aus meiner Hand. Vermutlich kreist er heute oben vor der Sonne, wo ich einen kleinen, dunklen Punkt beobachte, der sich in Richtung Unendlichkeit bewegt.

Aber mein Strand lädt mich an diesem Hochsommertag mit dem bunten Menschenvolk hinter, vor und neben mir nicht nur zum Träumen, zum Abheben in Himmelsgefilde ein. Das Panorama, eine Mischung aus Monets Frühstück im Freien und dem Titelblatt von Bravo, aus Zeltlager und Familiennest, fasziniert mich. Wie anders verhält sich der Mensch, wenn er mit der Kleidung die Zwänge seines Alltags abgestreift hat. Da liegt er, hingegeben Sommer, Sonne, Strand und Lust am Leben, und entdeckt sich neu, lässt aus sich heraus, was Gutes in ihm steckt, das wiederbelebt werden will, auch Aggressionen, die schon lange abgebaut werden wollten. Kommuniziert, je nach Grad der Erholung, liebend, lachend, manchmal launisch. Freundlich, friedlich, manchmal frech. Ist ganz einfach Mensch, der er schließlich sein darf, wenn er sich im Sand ausstreckt, sonnenbadend an den Busen der Natur schmiegt.

Merkwürdig, dass ich heute beim Rundblick über das bunte Strandleben an Johannes denken muss, meinen Freund vom Klerus. Ein Priester weiß etwas von den Menschen. Wie lautet einer seiner Lieblingssprüche, mit dem er das ganze Repertoire menschlicher Großtaten und Sünden fast liebevoll segnend verständlich macht? Der liebe Gott hat einen großen, bunten Tiergarten, sagt Johannes. Und damit ist es der Fantasie seines Gesprächspartners überlassen, wen er wem zuordnen will in seiner kritischen Auseinandersetzung.

Ich muss darüber lächeln, auch heute wieder, oder gerade heute, hier und jetzt, während der Strand belagert ist von so vielen Menschen, dass sie sich mit Füßen und Ellenbogen berühren. Einer neben dem anderen hat sich seinen Platz in der Sonne erobert, sein Ambiente entfaltet mit Decken, Kleidung, Proviant, halt allem, was man braucht, um den Tag so angenehm wie möglich zu verbringen.

Man muss die Menschen lieben, wenn man sich unter sie mischt, besonders auch an einem Sommerstrand, wo es um Tuchfühlung geht. Wehe dem, der unter Platzangst leidet, der Berührungsängste hat oder sich selbst nicht gern betrachten lässt, während er den anderen mit seinen Blicken zur Beute macht, wer er wohl sei, wie er wohl lebe, seine Reaktionen auf dies und das, ganz einfach Verhaltensweisen studiert. Manchmal ein lustiges Spiel, das ihn in die vertraute Nähe eines völlig Fremden rückt, weil er eigene Schwächen, Launen und Marotten, was auch immer, beim anderen, dem Strandgast von nebenan, wiederentdeckt. Für Menschen, die gern »Leute gucken« spielen – und ihre Zahl ist weitaus größer, als zugegeben wird, weil wir alle in einer Herde leben –, ist der Strandbetrieb eines Hochsommertages faszinierender als Fernsehprogramm. Eine Liveübertragung vom Lifestyle junger, alter und anderer Leute, die tiefen Einblick in Verhaltensweisen gewährt, die sich ganz bestimmt nicht in der S-Bahn, am Arbeitsplatz oder auf der Straße studieren lassen.

Johannes hätte, ich wette, an diesem Sommertag mit dem lebhaft wimmelnden Strandleben ganz bestimmt wieder einmal seinen Vergleich mit dem großen, bunten Tiergarten vom lieben Gott herangezogen. Wie sie leben, lieben, lachen, ihre natürlichen Instinkte zurückgewinnen beim Räkeln im Sand, unter der heißen Julisonne, die ihre leeren Batterien wieder auflädt.

Johannes wohnt in einer Stadt ohne Zoo. Ich überlege, wo er sich seine Spitzfindigkeit, das Bonmot vom großen, bunten Tiergarten, erobert hat. Johannes sollte einmal »Leute gucken« am Burger Südstrand spielen, hier und heute, an diesem Hochsommertag hätte ich es ihm gewünscht. Lauter Gazellen und Trampeltiere, Schmeichelkatzen, Breitmaulfrösche, Geckos, Pfauen, Salonlöwen. Hängebauchschweine, Beuteltiere. Pampas(Pampers)hasen, Affen aller Art, züngelnde Reptilien. Jede Menge Kuh und Pferd mit Brandzeichen. Das heißt beim Menschen Tätowierung.

Und sogar ein Hai. Der kommt im Auftrag der Kurverwaltung und schreckt die schläfrigen Kreaturen auf. Kurtaxe versäumt? Nachzahlen! Auch im Zoo gibt's nichts umsonst. Manchmal meldet sich ein röhrender Hirsch oben aus den Lautsprechern, der fordert zum Waidmannsheil für ein verloren gegangenes Niederwild mit Schnuller oder Windel.

Und was da erst alles über und unter der Wasseroberfläche kreucht und fleucht. Johannes hat Recht. Der liebe Gott hat uns alle lieb an diesem Tag im Hochsommer. Ließe er sonst seine Sonne so strahlend auf uns herniederbrennen, auf diesen Strand, an dem wir uns vergnügen wie in einem großen, bunten Tierpark?

Ach, wie wohl das Faulenzen tut. Ich recke und strecke mich wie ein Wolf, dem es im Schafspelz zu warm geworden ist. Ich solle meine überdrehte Fantasie herunterschrauben, warnt mich eine innere Stimme. Das könnte eine Folge von Hitzekoller sein, dass ich so tierisch fühle.

Macht nichts. Dass dieses Wetter anhalte, egal, ob die Sonne wem wie warm auf das Fell scheint, wünsche ich mir und allen anderen.

Kuschelarm für Singlefrauen

Was ich da gerade in der Zeitung lese, geht mir nun doch unter die Haut. Fasziniert blicke ich auf ein zierliches Frauchen mit Mandelaugen, das sich an eine halbierte Männerbrust schmiegt, an der ein Arm baumelt. Mit geschlossenen Augen genießt sie – ja, was – ein Stück erfüllter Sehnsucht, zwar nicht aus Fleisch und Blut, sondern aus textilem Gewebe. Der letzte Schrei auf dem japanischen Markt heißt »einarmiger Kuschelpartner«. In den soll das unbemannte Frauchen, tagsüber dynamisch, erfolgreich und voll emanzipiert, in den einsamen Nächten flüchten, um nicht allein einschlafen zu müssen.

Das Ding gibt's in schmeichelnden Pastelltönen, abgeguckt den Männerhemden. Der Arm mit halbem Brustkorb daran, prall gefüllt, als säßen tatsächlich ein Herz und der linke Lungenflügel darin, wird als perfektes Einschlafkissen gepriesen, anatomisch zwar auf das Wesentliche reduziert, aber immerhin: Frauchen fühlt sich geborgen im starken Arm aus Watte und Wolle oder was immer die künstliche Männerbrust füllt, und sie hat nichts zu befürchten. Kein Schnarchen, keine Transpiration und erst recht keine Widerworte. Wenn das nichts ist.

Die textile Sensation aus dem Reich Nippon, wo die Erfinder bekanntlich auf dem Quivive sind, könnte der Auftakt zu ganz und gar neuen Lebensgewohnheiten werden, fällt mir ein. Wozu noch dieses kräftezehrende menschliche Miteinander, die aufreibende partnerschaftliche Kommunikation? Wir flüchten uns ganz einfach in die Welt der Kissen, lassen uns bei Bedarf in Daunen oder Holzwolle plumpsen, je nach finanzieller Gewichtsklasse, und scheren uns nicht mehr um aufwändige Beziehungskisten. Anstatt an der Bar zu flirten, uns bei billiger Anmache zu verausgaben oder unerfüllbaren Träumen hinterherzuhängen, rufen wir: Her mit dem Kissen! Schmiegen uns an die behemdete, weich gepolsterte Männerbrust, richten den dazugehörigen Arm taillengerecht und flüstern alles, was uns auf der Seele liegt, in die textile Achselhöhle.

Der einarmige Kuschelpartner nimmt es sogar hin, wenn wir ihm mit der faulen Ausrede von Migräne und Unwohlsein kommen. Mit großzügiger Nachsicht bleibt der Arm trotzdem, wo wir ihn platziert haben, und stößt nichts von sich. Wenn das nichts ist.

Natürlich enthebt die gepolsterte künstliche Männerbrust Frau nicht nur der Kopfwehreaktionssorge, sie erspart sich vor allem die leidige Auseinandersetzung mit der Konzeptionsverhütung, denn dieser neue Viertelmann aus Japan tut ihr nichts. Er ist harmlos wie ein Kuscheltier, und wenn man ihn irgendwann einmal nicht mehr riechen kann, steckt man ihn ganz einfach in die Waschmaschine und muss hinterher nicht einmal mehr ein ganzes Oberhemd bügeln.

Sie mucken auf, liebe Freundin? Nichts geht Ihnen über den echten Herzschlag eines Liebsten aus Fleisch und Blut? Auch dies dürfte geregelt sein. In der künstlichen Männerbrust pocht es, als säße was darin.

Wie zu lesen ist, wurde das Ding für Singlefrauen erdacht. Aber was ist mit den anderen, die gerne einmal eine Auszeit von müde gewordener Partnerschaft oder Ehe nähmen und schon lange davon träumen, mit Arnold Schwarzenegger, Brad Pitt, mit Helmut Lotti oder Olli Kahn abzuheben?

Vielleicht könnten da ausnahmsweise einmal Erfinder aus dem eigenen Land aufwachen und die japanische Neuheit vollenden, indem sie ihr ein auswechselbares Gesicht annähten. Ach, was wissen Männer schon von Frauenträumen und -fantasien! Deshalb wird mit Sicherheit irgendwann ein entsprechendes Design von Frau auf dem Patentamt angemeldet werden.

Zurzeit allerdings ist der einarmige Kuschelkavalier noch ohne Gesicht in japanischen Schaufenstern zu bewundern. Aber Frau sei getröstet, es ist außer Sony schon vieles aus dem Land der lächelnden Geishas zu uns herübergewachsen. Es geht die Wette, dass der Stoffkuschelarm spätestens zum Weihnachtsgeschäft auch bei uns auf den Markt kommt. Vielleicht mit Duftnote von Zimt und Anis unter dem Arm, in weihnachtlichem Rot mit Pelzbesatz. Was für Aussichten, dass die Singlefrau dann auch hierzulande in den Weihnachtsnächten etwas zum Kuscheln hat und das Problem vergessen darf, dass Weihnachten für manche das Fest der einsamen Herzen ist. Wie wunderbar, oder?

Ein Wochenende im Cabrio

Haben Sie auch so ein paar kleine Tricks auf Lager, mit denen Sie sich die Sterne vom Himmel zu holen wagen? Oder auch nur kleinere Wünsche zu erfüllen hoffen?

Denken Sie einmal über die Strategien nach, mit denen Sie schon so manches Mal ans Ziel gekommen sind, verraten Sie doch mal anderen Ihre kleinen Kunstgriffe, Schachzüge, die Finessen, mit denen Sie arbeiten!

Die wollen Sie für sich behalten? Das kann ich Ihnen nicht verübeln.

Sei's drum. Von diesem taktischen Winkelzug will ich Ihnen trotzdem erzählen, von dieser ach eigentlich auf so liebenswerte Weise ausgelegten Fußangel.

Mein Jüngstverwandter konstruiert seine Zukunft. In sechzehn Monaten ist es so weit, da steht der Führerschein an. Sein Herz schlägt für Motoren, na klar, er ist ein echter Sohn dieser Zeit.

Aber ein Führerschein kostet Geld, und zwar nicht wenig, das ist wiederum ein echtes Zeichen dieser Zeit. Und so wird hin und her gerechnet. Wenn man den

Erlös aus einem Saisonjob veranschlagt, etwas vom Sparbuch hinzurechnet ... Ach, das ist ja zum Haareraufen, dass heutzutage alles so teuer ist. Am besten, man geht mal anders an die Sache heran.

Also hat er mir ein Bild gemalt. Mit Worten und einer erstaunlichen Vorstellungskraft, die meine eigene, schon weithin ausgeprägte Fantasie bei weitem überflügelt. Er überschüttet mich – ein Kavalier ist er schon als kleiner Knabe gewesen, da muss ich ehrlich sein – mit Komplimenten. Wenn er den Führerschein einmal habe, lässt er mich Blicke in eine viel verheißende Zukunft werfen, dann werde er sich an seinem achtzehnten Geburtstag ein Auto leasen. Natürlich mit offenem Verdeck. Und dann geht es ab durch die Frühlingslandschaft. Mit offenen Haaren, darauf besteht er schon jetzt, die fliegen dann so hübsch im Fahrtwind. Und für einen Imbiss in einem Landgasthof spart er dann noch beizeiten. Und die Welt wird schön sein, ach, in diesem geleasten Cabrio zum Preis von – weiß er noch nicht – für ein Wochenende.

Ich bremse seine ausschweifende Fantasie mit dem Hinweis, dass es eine kleine gebrauchte Karre fürs Erste doch wohl auch tut, man müsse bescheiden bleiben. Jaja, sieht er ein, aber einmal an diesem Cabriowochenende möchte er dann doch mit mir durch die Landschaft brausen. Mit offenen Haaren, das ist der Hammer.

Ich glaub', er hat mal den alten Film mit Grace Kelly gesehen, da ging es ebenfalls mit wehendem Blond an der Côte d'Azur entlang. Romantik pur. Wenn ich dann ausgiebig geschmunzelt habe bei solcher Art von Bildmalerei, im Mittelpunkt die wallende Mähne seiner Altverwandten auf dem Beifahrersitz, dann schießt er nach. Irgendwann sei ich sicher einmal mit meiner Knieoperation dran, könne selbst nicht mehr Auto fahren. Ein ganz und gar anderes Bild ist das nun, jenes von der Hilfsbedürftigkeit. Hinkend, ein Vierteljahr lang auf liebevolle Unterstützung angewiesen. Die will er, der Jüngstverwandte, dann selbstverständlich übernehmen. Und ich glaube es ihm, er hat sich in ähnlichen Situationen schon öfter bewährt.

Ich wäge nun ab zwischen den Bildern, die mir der erwachsene Knabe hingehängt hat. Dieses mit den offenen Haaren im Fahrtwind, um mich herum das geleaste Cabrio (wer's bezahlt, wurde noch nicht erörtert), und das andere: ich als hilflose Person, knieoperiert gestützt auf Gehhilfen, lechzend nach mildtätiger Nächstenliebe in Gestalt eines jungen Mannes, der glücklicherweise den Führerschein hat und Auto fahren kann und mich von einem Ort zum anderen bringt.

Natürlich bin ich dem Knaben längst auf die Schliche gekommen. Er wirft nach mir, der Maus, mit Speck und Schinken. Es geht schlichtweg um die Finanzierung seines »Lappens«. Ich werde mit viel Gefühl die Finanzspritze aufziehen, am besten, ich spare schon mal an den Zuschüssen für die zahllosen Hamburger, die er sich so gerne reinzieht. Ich wette, wenn es so weit ist, dass er die Fahrerlaubnis in der Tasche hat, wird er mit einer anderen als seiner Altverwandten auf dem Beifahrersitz durch die Landschaft kurven und mir, der knieoperierten Rekonvaleszentin, im Vorüberflitzen zuwinken. Oder eine Ansichtskarte aus dem Landgasthof schicken, in den er mit mir einkehren wollte.

Tapfer lächle ich der Zukunft entgegen. Jugend hat das Recht auf Träume und auch auf die Verwirklichung des einen oder anderen Wunschgedankens. Und ich füttere fleißig das Sparschwein.

Die Geschichte der Hilda von Sänft

Darf ich einmal ungeniert fragen, ob Sie gerade verliebt sind? So richtig bis über beide Ohren? Darf ich auch fragen, ob Sie von der Liebe schon einmal so enttäuscht worden sind, dass Sie meinten, die Welt hätte sie ausgestoßen, als Einzigen, ewige Verdammnis hin zur Traurigkeit? Keine Sonne mehr, kein Wetterleuchten, keine Rosen? Dann kennen Sie ja die Turbulenzen der Gefühle, die zwischen den Geschlechtern toben, solange das Spiel gespielt wird auf der Kleinkunstbühne des Lebens, das Stück zwischen dir und mir, zwischen ihr und ihm. Alle Register der Gefühle werden gezogen, Liebe, Enttäuschung, Leid, Hass und immer wieder die Hoffnung. Ach, Sie wissen ja alle, wie das geht.

Schade, dass wir in jüngeren Jahren nicht das wissen, was später unsere Weisheit rundet, dass wir in der Liebe leiden, weil die Hoffnung zu hoch gesteckt wird, die trügerische Sicherheit sich einschleicht, wenn längst Zweifel angesagt sind. Schade, dass wir da noch nicht so schlau sind, wie wir es im fortgeschrittenen Alter irgendwann sein werden. Aber was soll mein Geschwätz. Lieben, leiden, leben wir, wie es uns bestimmt ist. Und lächeln wir dann eines fernen Tages darüber, was uns früher einmal, in der Hochkonjunktur der Gefühle, aus den Angeln zu heben gedroht hat.

So wie in dieser Geschichte um Hilda von Sänft. Natürlich kennen Sie Hilda von Sänft nicht, wie sollten sie auch. Aber ich, ich bin mit ihr durchs Leben gegangen, durch Jahrzehnte ehelicher Freud und Pflicht. Mann hat mir ihren Namen vor langer Zeit als Synonym für ein Schweigegelöbnis eingegeben. Ich dürfe, so sagte mir Mann, in Gegenwart seines besten Freundes niemals den Namen Hilda von Sänft erwähnen. Mit theatralischer Gebärde wurde mir die Dame Hilda als die in eine unglückliche Liebe verstrickte Gestalt des besten Freundes von Mann geschildert. Ich war jung, mit blühender Fantasie, und malte mir Hilda als eine Göttin mit Attributen der Weiblichkeit aus, in der alle Schönheitsmerkmale von Filmstars und Illustrierten-Covergirls zusammenflossen. Und dazu der Name. Wer heißt schon Hilda von Sänft!

Ehrensache, dass ich Hildas Namen nicht ein einziges Mal entweihte, indem ich ihn, schon gar nicht bei Besuch des Freundes von Mann, zu erwähnen gewagt hätte. Die eheliche Hierarchie, heutzutage fast vollends verändert, klappte zumindest mit dieser Art von sanfter Befehlsgewalt noch, ich schwieg und ließ Hilda

Hilda sein, als tragische Gestalt nahm sie ihren Platz in der Vergangenheit ein und ruhte dort bis ... Ja, gestern kam nun dieser Besuch ins Haus.

Die beiden älter gewordenen Herren feierten das, was Senioren gerne tun, sie besprachen ihre körperlichen Wehwehchen, die Anzahl der Tabletten, die sie täglich zu schlucken hätten, den Einfluss des Wetters auf Blutdruck und Sinne, und sie wurden nicht müde, ihre Ehefrauen zu preisen, die ihnen – ganz gegen den Strom der Zeit – so lange so treu zur Seite gestanden hätten. Ach, was wären wir ohne unsere Frauen! Pures Gold sind sie, was haben wir für einen Glücksgriff getan.

Mein Herz pochte, zum einen wegen der maßlosen Übertreibung der Verdienste, auch wegen der Gunst der Stunde. Ich dachte mir: Jetzt lässt du Hilda von Sänft heraus ans Tageslicht, jetzt schenkst du ihr die Freiheit. Eine Göttin kann nicht ewig schlafen, nur weil sie einmal in eine tragische Liebesgeschichte verwickelt gewesen ist.

Ich fragte also, gerade glanzvoll ausgezeichnet mit dem Verdienstorden einer exzellenten Ehehälfte, fragte also Freund von Mann, was endlich einmal herausmusste: Wie wäre es wohl mit der anderen, mit Hilda, gelaufen? Da seht ihr mal, fügte ich hinzu, dass die großen, leidenschaftlichen Lieben der Jugendzeit doch nicht so ganz ernst zu nehmen sind, wie man es sich in jüngeren Jahren gern einbildet.

Hilda von Sänft?, fragte der Freund. Wer das denn sei? Er müsse einmal gründlich in der Erinnerung forschen. Und Mann war genauso ratlos. Hilda von Sänft, er habe leider doch schon Probleme mit dem Langzeitgedächtnis.

Ich möge einmal zu näherer Erläuterung ansetzen, wurde ich gebeten. Und Hilda an der Seite, setzte ich zu einem Kolleg über die tragische Liebe in Jugendjahren an.

So sehr ich mich auch bemühte, die beiden in die Jahre gekommenen Herren hatten mit Hilda nicht mehr viel im Sinn. Sicher sei das Techtelmechtel von damals einmal überbewertet worden, schraubte man die Sache herunter und wollte absolut nichts mehr wissen von der Großartigkeit des Namens und der Person aus dem Verwandtenkreis von Werther und seinen Leidensgenossen.

Ich seufzte Hilda zu, die in ihrem göttlichen Gewand als Persona non grata vor sich hin litt, als Opfer der männlichen Vergesslichkeit, nahm interessiert die mir bis dahin verborgen gebliebenen Runzeln in dem verblühten Gesicht wahr und dachte mir: Dieses musst du festhalten, aufschreiben für die Jungen, die noch leiden um der Liebe willen. Erzähle ihnen die Geschichte von

Hilda von Sänft, das stärkt sie im Glauben daran, dass die Dinge sich wandeln.

Also, liebe Freundinnen, liebe Freunde der jüngeren Generation, leiden Sie nicht so felsenschwer, wenn Sie unglücklich verliebt sind. Ein paar Jahrzehnte später ist alles vergessen und längst aus dem Spiel genommen. Wie Hilda von Sänft. Und viele andere.

»Wie geht's?«

Liebe Freundin, lieber Freund, was antworten Sie auf die Frage: »Wie geht es Ihnen?« Überlegen Sie wie ich erst einmal, ob das Interesse an Ihrem Wohlbefinden überhaupt ernst gemeint oder nur geheuchelt ist, ob sich der Andere wirklich für Ihr gesundheitliches beziehungsweise Ihr Seelenheil interessiert, oder ob er nur höflichkeitshalber die simpelste aller Kommunikationsregeln abschießt?

Ich bewundere insgeheim schon lange Menschen, die mir auf meine Frage nach ihrer gesundheitlichen Verfassung hin stets cheeselächelnd antworten: Danke, gut! Wunderbar! Fantastisch! Obgleich sie husten, heiser krächzen oder hinken.

Das ist Contenance, denke ich dann jedes Mal, das hat was. Und irgendwann, als es mir einmal besonders mies ging, habe ich beschlossen: Auch du wirst künftig nicht mehr deinen Jammer vor der Welt ausbreiten, du wirst dir ein Vorbild nehmen an all jenen, die dir auf die Wie-geht's-Frage hin (wenn auch gequält lächelnd) diese Antwort geben: Gut.

Gestern habe ich, weil es mir absolut nicht gut

ging, meinem eng befreundeten Steuerberater auf die Frage hin, wie es mir gehe (wer ahnt dabei schon eine hinterlistige Falle?) geantwortet: »Blendend!« Ordentlich Emotion in die beiden Silben hineingelegt, weil ich hoffte, er würde spüren, dass das purer Sarkasmus sei und mich symbolisch aufrichtet? Was hat mir dieser Mensch geantwortet? »Das freut mich sehr!«, hat er gesagt, »dann wirst du ja die Nachricht verkraften, dass dir eine deftige Steuernachzahlung ins Haus steht.«

Bei mir ist nun kräftiges Brainstorming angesagt, soll heißen, ich bin auf der Suche nach einer neuen Formel. Wie und was antworte ich künftig, wenn man mich fragen wird: Wie geht's? Wenn man überhaupt fragt, wie es m i r gehe. Meistens wird sich nach dem Befinden des Gatten erkundigt, ich tippe mal auf neunzig Prozent; weil eine männliche Gesundheitskrise weitaus mehr Gewicht hat als die des Weibes, das ja von Natur aus stets selbstheilend Pflaster auf Wunden legt.

Oder soll ich doch einmal über die Ehrlichkeit nachdenken, mit der mir Dietrich neulich an der Tankstelle zurief – wir waren beide gerade mit der Autospeisung beschäftigt, und es regnete und stürmte –: »Wie geht's?!« Ich hätte gar keine andere Chance gehabt, als »Gut!« zurückzubrüllen, weil der Wind mehr als eine Silbe nicht weitergetragen hätte.

Wenn ich schon einmal bei diesem Thema bin, muss ich unbedingt auch von Ingeborg berichten. Die hat mir neulich am Telefon was erzählt. Hat einen hartnäckigen Verehrer, der partout nicht wahrhaben will, dass sie in allen anderen Mannsbildern das Ziel ihrer Träume auszuloten bereit wäre, nur nicht in ihm, der bei jeder Gelegenheit mit der Frage auf sie einstürmt: »Na, wie geht's denn so?« Dazu ein glühender Blick und scharrende Hufe. Sich einfach mal anbiedern. Ingeborg klagt. Das ewige Theater geht ihr empfindlich auf die Nerven.

Sie hat jetzt angefangen, mit harten Bandagen um ihr Entkommen vor diesem Verehrer zu kämpfen. Letzte Woche hat sie ihm auf die stereotype Anmache hin geantwortet: »Ja, wie geht's mir denn? Eigentlich nicht besonders. Ich komme gerade vom Hautarzt, habe mir zwei Warzen am Rücken wegschneiden lassen.« Und beim nächsten Mal: »Ja, was soll ich sagen? Ich versuche gerade, den Schleim meiner hartnäckigen Bronchitis zu lösen.« Die Krone hat Ingeborg ihrer Abwehrstrategie aufgesetzt, indem sie dem Verehrer mit der Standardfrage nach ihrem Befinden dies geantwortet hat: »Mein Gynäkologe ...« Nein, es sträubt sich was in mir, ich gebe das nicht weiter, es ist gemein.

Aber es hat geholfen, triumphiert Ingeborg und will sich kaputtlachen. Der Casanova winkt ihr neuerdings nur noch aus gebührender Entfernung von der anderen Straßenseite zu. Und sie formt Zeige- und Mittelfinger zum Victory-Zeichen.

Liebe Freundin, lieber Freund, wie breit ist doch die Palette, die uns wählen hilft, wie wir Fragesteller, die sich mehr oder weniger überzeugend nach unserem Wohlbefinden erkundigen, zufrieden stellen können. Wie die Antwort auch ausfällt, von »Blendend!« bis zum Herunterratschen Ihres aktuellen medizinischen Befundberichtes – vergessen Sie nie, dass sie Wirkung haben kann. Bei Steuerberatern und aufdringlichen Verehrern sowieso.

Lächeln üben in der Vorsaison

Die Hauptsaison unseres Seebades steht vor der Tür. Wir werden wie alle Jahre wieder starke Nerven beweisen müssen, wenn wir den Sturm auf die Insel glücklich überstehen wollen. Ja, glücklich, denn schließlich wollen auch wir Einheimischen die schönste Zeit des Jahres genießen.

Wenn ich an das Chaos denke, das mit Beginn der großen Ferien auf uns zurollen wird, frage ich mich, was denn nun dran ist, an dem Prädikat »Ostseeheilbad«, das – ein Glück, dass die Immissionswerte bisher in der Burger City noch nicht gemessen wurden – seinen auf Gesundung an Leib und Seele bedachten Touristen geballte Ladungen von Lärm und Auspuffgasen zumutet, vor denen sie aus dem Ruhrpott geflüchtet sind.

Aber Saison hin, Saison her – ich wollte eigentlich nicht Schimpfe austeilen, bevor das große Spektakel Mitte Juli einsetzt. Ich wollte auf etwas ganz anderes hinaus, nämlich Überlegungen anstellen, wie man in diesem Jahr besonders froh und freundlich durch den Sommer gehen könnte. Denn gute Vorsätze, das wissen wir alle, erleichtern das Leben. Ich habe mir vorgenommen, diese Saison als sanftmütiger Bürger überstehen zu wollen, was voraussetzt, dass ich meine egoistischen Ansprüche an das Leben zugunsten meiner Mitmenschen ausmerze. Beschlossene Sache: Ich will in dieser Saison zuerst an das Wohl anderer denken, bevor ich mein Ego pflege.

Heute Morgen habe ich schon einmal geübt. Am neuen Kreisel in der Bahnhofstraße lächelte ich einem Aachener Kennzeichen zu, das mir die Vorfahrt genommen hatte. Das bisschen Zeitverlust, tat ich die Sache nachsichtig lächelnd ab, was macht es schon, wenn du ein paar Minütchen später im Supermarkt ankommst. Es klappte wunderbar. Den Ärger kassiert der Sieg über die Nächstenliebe, und ich fühlte mich klug und weise. Im Supermarkt sortierte eine Kundin mit Berliner Dialekt vor mir die Erdbeerschalen, sammelte die größten und schönsten Früchte nach Aschenputtelmanier ins eigene Körbchen und hinterließ mir den Rest. Auch hier lächelte ich dankbar, weil sie mir immerhin noch etwas übrig ließ. Mein zweiter Sieg über egoistisches Gehabe, das auch mich als Alltagsmenschen lange Zeit geprägt hat. An der Kasse fuhr mir ein beleibter Herr in Campingdress (Socken und Sandalen) in die Waden. Auch dies tat überhaupt nicht weh, weil ich, wie gesagt, in der neuen Saison auf Sanftheit und Güte aus sein will.

Nach dem Mittagessen, das meine Familie mit Genuss einnahm und mir das Schlachtfeld wie immer wortlos zum Aufräumen überließ, um sich dem Zeitungsstudium zu widmen, fragte ich die Lieben, ob ich noch etwas Gutes für sie tun dürfe? Man reagierte mit einer Liste von Vorschlägen. Ich dankte mit einem Lächeln für die Aufträge und trällerte fröhlich ein Liedchen beim Scheuern der Töpfe. Auch in der Familie richtet man sich schon auf ein Dolcefarniente in der Saison ein.

Nachmittags dann an den Strand geeilt. Lächelnd suchte ich nach einem Parkplatz für die Familienkutsche, räumte mit Nachsicht ein zerbrochenes Hipp-Karottengläschen beiseite, das im Wege war und an dem sich zwei Möwen im Schlemmen versuchten. Sogar für die Tiere gelang mir ein Lächeln, indem ich sie darauf hinwies, dass das Naschen von Babykost in zersplitterten Gläschen ihre Schnäbel verletzen könne und sie den Menschen verzeihen möchten, die sicher nur vergessen hätten, den Unrat fortzuschaffen.

Mit Freude trug ich meinen Lieben die Strandtasche hinterher, waren sie doch bereits ein Stück vorausgeeilt. An der Promenade angelangt, schweifte mein Blick hinunter ans Meer, wo unser Strandkorb steht. Ich lächelte, weitete meinen Brustkorb mit ein paar Atemübungen, um möglicherweise aufkommenden Zorn im Keim zu ersticken. Was soll ich sagen? Es ist mir gelungen! Ich stapfte beschwingten Fußes durch den Sand, grüßte die lieben Nachbarn Inge und Loli und besonders herzlich das Zigeunerlager, das sich wie alle Tage zuvor malerisch um meinen Strandkorb breitete. Das Klappbrettchen für Kaffee und Kuchen war von Bierdosen beschlagnahmt, ich lächelte, über der Markise hingen Badetücher und Hosen, zwei Kindlein zankten sich, ein Baby lag neben seiner Pamperswindel, und die Mama schmauchte, malerisch an mein Strandkorbgitter gelehnt, ein Zigarettchen. Nicht das erste, denn es steckten schon etliche Kippen im Sand vor dem Korb. Ich grüßte freundlich und fragte, ob ich mich zu der Familie gesellen dürfe, ich hätte leider diesen Korb für diese Saison gemietet und würde, wenn man nichts dagegen hätte, gern darin Platz nehmen. Die Mutti drückte den Glimmstängel an meinem Strandkorb aus, lächelte ebenso entzückend wie ich und zog die Decke einen Meter weiter, gerade so weit, dass meine Füße noch hinlangten.

Wie habe ich das Ambiente eines temperamentvollen Familienlebens unbekannter Herkunft genossen! Nach zwei Stunden wusste ich genau, wer da an diesem Strandnachmittag mit mir das glückliche Sommerleben teilte. Ich genoss Zigarettenrauch und Bierrülpser, tätowierte Männermuckis und entblößte Muttibrüste, Elternschimpfe und Kindergeschrei, halt alles, was ein Familienleben rund macht.

Ich werde auch morgen wieder Zeuge fremder Familienidylle sein, denn mein Strandkorb zieht die Menschen magisch an, seit ich ihnen ein Lächeln schenke für die Belagerung meiner sommerlichen Erholungsstätte zum Preis von nicht mal dreihundert Euro. Noch ist Vorsaison, sage ich mir, genügend Zeit, das Lächeln und die Nachsicht zu üben. Denn ich weiß aus den Vorjahren, dass ich manchmal böse werden kann, wenn man mir in der Hauptsaison das Auto ankarrt, im Supermarkt herumkeift: »Isch war aber vor Ihnen da, junge Frau, gelt?« oder mir ein paar bunte Plastikzelte vor dem Strandkorb aufbaut, damit ich nicht immer nur den langweiligen Blick aufs Meer ertragen muss.

Ach ja, du liebes sommerliches Treiben in unserer schönen Stadt. Bleibt mir ganz zuletzt noch der Reiz der Innenstadtnächte unseres Ostseeheilbades zu beschreiben, die mich musikalisch bis zum Rand meiner Aufnahmefähigkeit verwöhnen. Bis morgens um vier dringen Beatrhythmen von der Straße drüben zu mir durchs spaltbreit geöffnete Fenster herüber. Ich kenne mittlerweile das ganze Repertoire der Diskoknaller. Aber ich hüte mich – mit einem Lächeln, versteht sich –, hier noch einmal aufzumucken. Erst vor Tagen hat mir ein Barbesitzer auf meine freundliche Beschwerde hin dieses an den Kopf geworfen: »Leck mich am A…, du blöde Kuh!« Damit war ich dann doch überfordert und habe die Aufforderung zum unästhetischen Naschen meinem Rechtsanwalt übergeben. Mit einem Lächeln, versteht sich.

In Tagen,
die die Seele streicheln

»Mein sommerliches Sinfonieorchester«

Ich möchte Ihnen in diesen schönen Vorsommertagen eine Lebensweisheit weiterreichen, die ich selbst als kleines Geschenk werte, mit dem mich eine kluge ältere Dame kürzlich überzeugt hat, als ich mit ihr an ihrem Gartenzaun plauderte.

Wir sprachen einmal nicht über das Tagesgeschehen und schon ganz und gar nicht über das, was an Neuigkeiten über diesen oder jenen Mitbürger der kleinen Stadt kursiert. Wir tauchten ein in eine Unterhaltung von der Art, die Gedanken weitet, über die Nichtigkeiten des Alltäglichen hinaus der Seele Flügel verleiht. Solche Gespräche tun wohl. Sie setzen eigentlich nicht viel voraus, und doch entwickeln sie sich so selten, spärlicher, als wir es uns wünschen.

Vielleicht liegt es an so einem sommerlich blauen Himmel, an dem üppigen Blühen ringsherum, der Leichtigkeit der Junitage, dass Gespräche sich andere Wege bahnen als hin zum bekannt banalen Geplauder über etwas, das nur an der Oberfläche schwimmt und schon bald wieder vergessen ist.

Die altersweise Dame sagte mir, sie male Bilder mit

den Augen in diesen fröhlich stimmenden Sommertagen, halte Segmente des ablaufenden Tages ganz bewusst fest und setze die Bilder hinein, die sie wie mit Maleraugen aus dem Garten sauge. »Sehen Sie zum Beispiel diese Glockenblume an der Mauer«, forderte sie mich zu liebevoller Betrachtung auf, »Himmelblau und Umbra, welch eine Farbsinfonie. Oder die aufgesprungenen Knospen der Barockrosen mit ihrer Farbschattierung vom zarten Rosé bis zum lichten Rot der Ränder, eine Pracht und Fülle, die ihre Schönheit kaum halten kann.«

»Sie müssen alles mit Ihren Blicken streicheln«, forderte sie mich auf, »nur wer das Sehen lernt, in den können die Dinge eingehen, sich im Innern verankern als Bereicherung. Geschenke des natürlichen Lebens.«

Ich pflichtete ihr bei und ergänzte, dass ein Großteil der Menschen es in heutiger Zeit wohl verlernt habe, dieses Sehen mit dem Bewusstsein, daraus eine Bereicherung erfahren zu können für das seelische Gleichgewicht, an dem die Zeit so häufig krankt.

Es gebe noch viele Menschen, denen der Wechsel der Jahreszeiten in der Natur Abenteuer genug sei, die die Quelle ihrer Kraft nicht bei der aufwändigen Suche nach Abwechslung fänden, sondern in der stillen Zwiesprache mit den kleinen Wundern um sich herum, die jederzeit überall zu entdecken seien, widersprach sie mir, wenn auch zögernd. Mit einem Lächeln strich sie über Stockrosen und Rittersporn, die sich im leichten Sommerwind wiegten. »Meine Blumen«, liebkoste sie die Pflanzen, »sie sind mir in der Einsamkeit des Alters Gesprächspartner, ich schöpfe Kraft aus dem Anblick ihrer Blüten, aus der ästhetischen Schönheit, die die Sprache des Vollkommenen spricht.«

Sie legte zum Schutz vor der Sonne die Hand über die Augen und nickte lächelnd hinauf in die Birke, in deren unruhigem Laub das Sonnenlicht flirrte. Eine Amsel sang dort. Was für kluge Augen, überlegte ich, sie wissen mehr als manch einer, der glaubt, so viel zu wissen.

»Mein sommerliches Sinfonieorchester«, lockte sie mich in eine Welt, die mir für einen Augenblick verzaubert schien, »Vogelgesang, Blätterrauschen, das Spiel des Windes, manchmal wie Harfenmusik, wenn er durch das Schilf unten am Teich fährt.«

»Frösche und Zikaden?«, ergänzte ich, um nicht fremd zu wirken in ihrer Welt der überfeinerten Sinne. Sie nickte mir dankbar zu, wie jemand, der Seelenverwandtschaft entdeckte.

Oft wandere sie auch noch nachts durch ihren Garten in diesen hellen Juninächten, in denen die Blüten noch intensiver ihren Duft verströmten. Ein einzigartiges Erlebnis, das an nichts anderes heranreiche.

»Warum duften die Levkojen so viel schöner bei der Nacht?«, rezitierte sie geheimnisvoll Theodor Storm und ging über meine Befangenheit hinweg, die von der Suche nach einer Antwort herrührte. Mir fiel ein Buchtitel ein, der mich vor Jahren in Bann gehalten hat: Nachts, wenn der Garten blüht. Ich erzählte ihr davon, und sie nickte anerkennend. Diese klugen Augen, dachte ich, sie hypnotisieren Menschen und heilen den einen und anderen von falscher Betrachtungsweise des Lebens, führen ihn zu neuem Denken. Bilder malen mit den Augen, die Glockenblumen an der Ziegelwand, Rosen, Rittersporn und die Amsel in der Birke. Ich ging mit leichten Schritten, nachdenklich, und grüßte einen Schmetterling, der auf der Mauer Flügel faltete.

Sommer, überlegte ich, auf geheimnisvolle Weise hat mir die kluge alte Dame die Tür aufgeschlossen zur schönsten Zeit des Jahres.

Werbung beim lieben Gott

Was tut der Mensch nicht alles für Geld. Da lese ich, dass die Lübecker Marienkirche, mit ihren 125 Meter hohen Türmen nach Kölner Dom und Ulmer Münster das drittgrößte Gotteshaus dieser Republik, für Werbezwecke herhalten soll. Auf 75 Meter hohen und 117 Meter breiten Flächen, gespannt auf das Baugerüst, mit dessen Hilfe Sankt Marien zurzeit restauriert wird, sollen Werbebotschaften im Wind der Hansestadt an der Trave flattern.

Allerdings, so werden möglicherweise entsetzte Christen vorab getröstet, soll die Werbebotschaft auf den Flächen über die reine Bedürfnisbefriedigung hinausgehen. Also keine Werbung für WC-Reiniger, Slipeinlagen oder Schwartauer Marmelade. So hat der Propst es festgelegt, weil er ansonsten fürchtet, einen immensen Glaubwürdigkeitsverlust für den Klerus hinnehmen zu müssen.

Schon Ende der Neunzigerjahre waren die Berliner auf die Idee gekommen, unter Gottes Hilfe, sozusagen an seiner Hauswand, mit Claudia Schiffer an der Gedächtniskirche zu werben. Ich erinnere mich an das

Lächeln von Freund Wolfgang, der damals mein bestürztes Gesicht zu entkrampfen versuchte: »So weit hamse det nu jebracht, dat se dem lieben Jott die Bettlaken unters Kinn häng'n«, während wir über den Ku'damm fuhren und Claudia wie ein überdimensionales himmlisches Wesen zu uns herübergrüßte.

So weit hamse det nu jebracht. Auch in Lübeck, wo die Kirchenkassen leer sind wie überall, weil die Gläubigen auf der Flucht sind vor Kirchensteuern und Gott weiß was. Was wird es jetzt geben? Holt die Kirche ihre Schäfchen zurück, indem sie, topmodern, den Trend der Zeit auffängt und zu Geld macht, was irgend möglich ist? Wird sie bei ihren Gemeindegliedern auf Verständnis dafür stoßen, dass der schlechte Zustand der Kirche und der Druck der leeren Kassen nicht in Widerspruch stehen mit der Glaubensbotschaft, die vom Heil der Seele predigt und nicht vom schnöden Mammon?

Zwar hat die Kirche zu allen Zeiten ihre Schäfchen zur Kasse gebeten und sich nicht nur auf den Klingelbeutel beschränkt, aber dass man jetzt geradewegs auf den lieben Gott zusteuert und ihm die irdischen Werbebotschaften in den Himmel hängt, um Geldsegen daraus zu entwickeln, mag dann doch spektakulär anmuten. Schon mutmaßen Humoristen, ob Audi, Toyota oder BMW eigens himmlische Karossen entwerfen für Engelsausflüge von Wolke zu Wolke (die

Käse-Fernsehwerbung hat sich dort ja bereits angesiedelt und lässt den Englein das Wasser im Munde zusammenlaufen).

Schalk getrieben wird auch mit der Absicht der Großbanken, die für die ominösen Werbeflächen vorgesehen sind. Dem lieben Gott und seiner himmlischen Mannschaft zinsfreie Kredite anbieten für die Restaurierung manch spleeniger Idee auf Erden? Vielleicht auch Umtausch von Telekomaktien in Ablasszettel wie zu Luthers Zeiten?

Irgendeine Botschaft wird schon darin stecken, in den Werbeflächen, die höher sind als mancher Kirchturm und uns bald in die Augen springen werden, beim nächsten Besuch in der Stadt der sieben Türme, von denen die anderen fünf vielleicht auch irgendwann das Leichenhemd christlicher Zivilisation tragen werden.

Natürlich gibt es auch Andersdenkende, die restlos begeistert sind von der neuen Werbung bei Kirchens. Solche, die sogar noch eins draufsetzen und auf Jil Sander warten, auf Dessous von H&M, Lippenstifte von Lancôme oder Quark aus Müllers Mühle.

Warten wir es ab.

Bis dahin könnte sich ja eigentlich Herr Christo mal rühren und Sankt Mariens Türme in ein hübsches Paket schnüren. Wie damals den Berliner Reichstag. Auch so was lässt die Kassen klingeln. Derweil wartet der liebe Gott oben im Himmel, mit zusammengekniffenen Augen, man sieht's direkt vor sich. Er wartet, ob die Menschheit dort unten auf der Erde nicht doch noch in letzter Minute Vernunft annimmt und auf die ausgespannten Werbeflächen vielleicht das Glaubensbekenntnis druckt.

Sommertag am Meer

Welches Glück, im Sommer am Meer zu wohnen. Hier hat man die Ferien erfunden, die Definition von Glück. Zumindest an Tagen wie diesen, die uns mit tropischen Temperaturen verwöhnen und endlos scheinen. Afrikanisch kommt uns die Sonne und brennt, als lägen wir am Indischen Ozean. Blau ist die Farbe der Tage, so großzügig ist blauer Himmel selten verteilt an der Ostsee, die sich wintertags grün im Packeis konserviert. Daran jetzt zu denken, ist erfrischend. Aber wir wollten ja endlich wieder einmal einen richtigen Sommer!

Himmel und Meer verschmelzen im Farbenspiel von Türkis, Smaragd und Saphirblau. Ein Funkeln im Licht. Und der weiße Strand. Die Natur singt ihre Hymne an den Sommer. Komm, wir flüchten vor dem Trubel hinauf in die Einsamkeit der Düne, wo Strandhafer, getrieben von Streichelwind, rotierend Kreise malt in feinen, weißen Sand und das Honiglabkraut mit den Rosen duftet, ein Fest für die Sinne.

So endlos wie hier am Meer dehnt sich nirgends der Horizont, so viel Freiheit gewährt keine andere Landschaft dem Auge. Mit dem Rhythmus eines langen Atems nimmt die Natur alle Probleme in ihre Gewalt und malt sie als nebelhafte Himmelsstriche an den Rand der Welt. Heiß ist der Sand. Saharaglut. Die Füße zögern. Ein wenig fühlen wir exotisch. Afrikanisch, karibisch, polynesisch. Die Fantasie hat weiten Raum an Sommertagen wie diesen, die uns losgemacht haben von der Pier des Alltags, wie ein Segelboot hinausgeschickt aufs Meer. Wir dümpeln ferienfreundlich vor uns hin, das seelische Gleichgewicht wiedergewonnen beim leisen Schlag der Wellen. Die Urzeitmelodie, flüsterst du, faszinierend das ewig gleiche Spiel, wie vor Jahrmillionen, gemächlich und wild, sanftmütig und zornig, und niemals den Ton gewechselt. Faszinierend, wiederholst du.

Und wir gleiten langsam hinüber ins süße Nichtstun, befreit vom Ballast vergangener Tage, der schmilzt wie Wattewölkchen vor der Sonne.

Ich möchte eine Möwe sein, träumst du. Was so eine Möwe wohl denkt, fragst du in kindlicher Einfalt, während sie über uns kreist. Wir verschränken die Arme hinter dem Kopf und träumen im Sand. Im Winter farblose Ödheit, im Sommer buntes Menschenvolk in Fülle, was so eine Möwe wohl denkt, wiederholst du fragend, als gäbe es nichts anderes zu ergründen. Möwen sind schlau, kommst du mir mit Belehrung, denke an die Kuchenpakete in den Strandkörben. So manches hat schon dran glauben müssen. Von Schnäbeln hinausgetragen aufs Meer, die Konditorköstlichkeiten, und genüsslich verzehrt. Solche Bilder malen Ferien, solche Gedanken erlösen sie in die Wichtigkeit eines Gespräches. Dazu muss man lächeln. Was denn sonst?

Sie erkundet, wo die Welt zu Ende ist, vielleicht auch, wo sie beginnt, philosophieren wir über den Flug der Himmelsstürmerin. So hoch im Blau, der Sonne so nah wie Ikarus, aber sie wird nicht ins Meer stürzen. So ein Geheimnis in den Flügeln, staunst du, so ein Geheimnis, und der Mensch hat's immer noch nicht begriffen. Das schafft der nicht, das hat er tausendfach versucht, und immer ist ihm nur eine klobige Kopie gelungen.

Wem gehört eigentlich das Meer? Fragen stellst du! So etwas fällt mir sonst nicht ein, im Alltag, in den All-Tagen, verteidigst du dich. Vielleicht ist es das, was wir öfter bräuchten, das Fragen nach der Bedeutung rätselhafter Dinge. Hinter das Geheimnis des Lebens kommen, das wollen wir doch alle, höre ich dich. Also, das Meer.

Den Fischen, antworte ich, und du schiltst mich stumpfsinnig. Den Quallen, ergänze ich, Krebsen, Muscheln, Seesternen und was sonst noch alles kreucht und fleucht in Neptuns Reich.

Das habe ich nicht gemeint, korrigierst du und lässt behutsam den feinen, weißen Zuckersand durch die Finger rieseln. Das Meer ist die Wiege allen Lebens, versuche ich dir näher zu kommen. Alles kommt aus dem Wasser. Schon besser, stellst du fest, darauf wollte ich hinaus. Schläfrig schmiegst du dich in den Schoß der Düne. Wir schweigen, sommersonnensatt.

Die Möwe über uns schwebt fast regungslos vor der Sonne, getragen vom thermischen Aufwind. Welches Glück, im Sommer am Meer zu wohnen, höre ich dich auf meiner Gedankenwanderung über den Horizont.

Lebensbilder

Dieser sonnige Septembertag. Noch sommerlich warm. Ich radle hin zum Kirchdorf. Dort ist heute Hochzeit. Kirchliche Trauung. Möchte das Brautpaar sehen, das ich kenne, die Freundinnen im Gefolge. Eine Hochzeit ist Metapher der Lebensfreude, des Glücks. Eine Hochzeit ist der Spiegel der Liebe. Ich freue mich für das Brautpaar, dass an diesem Spätnachmittag die Septembersonne scheint, auf das Kirchdach, die alten Bäume und das junge Paar.

Die Glocken läuten schon. Erwartungsvoll gruppieren sich die Zaungäste auf den Kieswegen zwischen den Gräbern, Kinder lachen und lärmen. Ein flüchtiger Gedanke an das Spiel des Lebens. Werden und Vergehen, alles nah beieinander. Und mittendrin die Freude. Merkwürdig, so eine Zusammenstellung des Augenblicks mit der Mischung von Lebensmustern.

Ein Raunen unter den Wartenden. Das Kirchenportal ist soeben geöffnet worden. Und da kommen sie. Eine bezaubernde Braut im langen, weißen Kleid, schlicht und schön. Ein eleganter Bräutigam mit entschlossenen Zügen, das Leben zu zweit nun anzugehen. Konzentriert lächelt die Festgesellschaft, herausgeputzt für die große Feier, die gleich starten wird, im nahen Gasthof wartet man schon.

Das Glück auf den Gesichtern ringsherum, die Mit-Freude. Hochzeit ist ein Jubeltag. Die Liebe feiert ihren Triumph. Man lächelt, man winkt, wünscht Glück. Ein Bad in der Lebensfreude. Dieser Tag soll dem jungen Paar unvergessen bleiben. Vielleicht bis zur goldenen Hochzeit und darüber hinaus? Jedes Jahr werden sie ihn feiern, eingedenk des Treueschwurs und des kirchlichen Segens. Hochzeitstag ist Erinnerung an diesen Augenblick.

Knirschen auf dem Kiesweg nun, eilige Schritte. Rasch hinter dem Festzug her, die Braut noch einmal am Straßenrand sehen, sie war so schön. Verlassen bald darauf der Kirchhof, die Glocken schweigen. Der Gottesacker empfängt die gewohnte Stille, die sich für die Bildeinspielung des Lebens zurückgezogen hatte hinter Bäumen und Sträuchern. Willkommen legt sie sich über das Feld der Gräber, wo Bienen summen in rosa Begonien und bunten Astern. Die leisen Töne des Lebens über der Stätte der Ewigschlafenden.

Ich möchte das Grab des kleinen Jungen noch besuchen, von dem ich weiß, dass er hier irgendwo seine letzte Ruhestätte gefunden hat. Die friedliche Stille weitet meine Gedanken, furchtlos vor dem Wechsel der

Bilder, und doch wieder einmal fragend nach der schwankenden Gerechtigkeit der das Leben lenkenden Macht. Die Daten auf dem Stein sagen mir, dass das Kind, vor Jahren beim Spielen verunglückt, heute so alt wäre wie der Bräutigam, der jetzt Hochzeit feiert. Ich habe das Kind damals zuletzt lachend in einem Karussell gesehen, mit seinem Papa auf Kirmestour, eine Vater-Sohn-Fröhlichkeitsfeier.

Es blüht üppig auf dem kleinen Grab, leuchtende Septemberblumen. Und das Summen der Bienen auch hier, die stille Melodie des Lebens über dem Ewigkeitsschlaf.

Ich rätsele an den Bildern des Lebens herum. Von gegenüber aus dem Gasthaus klingt das Lärmen und Lachen der Hochzeitsgesellschaft, die sich des schönen Wetters wegen auf der Terrasse versammelt hat. Hier, vor dem Grab des Kindes, Schweigen.

Es sind manchmal Sprünge, die das Betrachten der Lebensbilder von uns im Innern des Herzens verlangt. Wir fragen uns dann, wie es uns gelingen soll, einen Seelenfrieden stiftenden Bogen von dem einen Bild zum anderen zu spannen, ohne Rechnerei mit Formeln oder Daten zugunsten des Ausgleichs der Gerechtigkeit.

Ich bin an diesem Tag gegangen mit der wieder einmal entdeckten Erkenntnis, dass uns nur die Demut vor den Entscheidungen eines unabwendbaren Schicksals hilft und im Auspendeln von Freude und Traurigkeit unser innerer Frieden zu finden ist. Das Leben fragt nicht danach, was uns lieber ist, das Läuten der Hochzeitsglocken oder das der dumpfen Töne. Die Wechselfälle des Lebens haben ihren eigenen Klang.

Furcht vorm Schnitt in grünes Fleisch

Meine sensible Gärtnerinnenseele quält sich. Ich soll, ich muss Hand anlegen an ein Grüngewächs, das sich anschickt, durch meine Wohnzimmerdecke zu wachsen. Fünf riesengroße Fingerblätter, glänzend, prall und kerngesund, wenn man so von Grünzeug reden darf, stemmen sich unter das Hindernis und bitten: Gebt uns Luft!

Das stattliche Exemplar aus der Ficus-Familie ist vor fünf Jahren in unser Haus gekommen, gerade mal so groß wie ein Kleinkind, das gerade laufen lernt. Es ernährt sich hydrokulturell, bescheiden im Kübel mit Blähton und Wasser, und genießt die Sonne am Fenster nach Süden. Neidisch duckt sich das florale Fußvolk nebenan auf der Fensterbank und sieht zu dem Riesen voll Anerkennung auf, weil der sich scheinbar einbilden darf, das Sprichwort von den Bäumen, die nicht in den Himmel wachsen, Lügen zu strafen.

Mein Nachbar hat schon Hilfe angeboten, kam mit seiner Rosenschere und wollte sich daranmachen, den Himmelsstürmer unter Zuhilfenahme einer agrarwissenschaftlichen Dozentur zu kappen. Eine Notwendigkeit, die er an eigenen Großgrüngewächsen erfolgreich praktiziere. Auch Blumenchefin Heidi spricht mit gleich lautender Belehrung aus Treibhaus und Gärtnerei von der Notwendigkeit chirurgischer Eingriffe an Blättern und Stielen, die anschließend umso kräftiger wieder ausbuschten. Aber es will mir nicht gelingen, einsichtig Hand anzulegen an meinen großen Grünen, der durch die Decke will wie ein namensgleicher Politiker mit Größenwahn.

Man hänselt mich bereits im Familienkreis. Ich solle einen Architekten bitten, das Problem durch Veränderung am Bau zu lösen. Familienmitglieder drehen manchmal ja bekanntlich gern mit Spott auf.

Ich seufze. Ein paar Mal habe ich die Rosenschere schon angesetzt, mit geschlossenen Augen den Stamm fixiert und – glücklicherweise – verfehlt. Ich schaffe es einfach nicht, das zentimeterdicke Rückgrat der Pflanze durchzutrennen und die Riesenblätter, dick, prall und kerngesund, auf mich herabfallen zu lassen, als hätte ich mitten im Sommer Sehnsucht nach Herbst und Verderben.

Schließlich habe ich jedes einzelne, das jetzt die Größe eines runden Sofakissens hat, einmal mit freundlichem Willkommen begrüßt, als es walnussgroß aus dem Stängel gekrochen kam.

Da ist doch ein Widerspruch in der ganzen Sache.

Unsere Kinder lehren wir, dass eifriges Bemühen ums Vorankommen lobenswert sei, dass überhaupt, wer immer strebend sich bemühe, erlöst werde, sogar im klugen Faust sei das nachzulesen, wo selbst die Engel so etwas sängen.

Als ich jedoch mit dieser Weisheit aus der Dichterkiste meine Familie ums gemeinsame Ausdiskutieren eines Problems bat, das mich, die Gärtnerin mit der Unfähigkeit zum Schnitt in grünes Fleisch, belastet, ging bei denen – sozusagen – ein Rauschen durch den Blätterwald. Da habe man doch die Lösung. Erlösen solle man die Pflanze mit dem Trieb nach oben, befreien von der Qual, sich durch die Decke kämpfen zu müssen. Was könne einer Grünen denn Schöneres widerfahren, als bei Engelsgesang erlöst zu werden. Ich habe mich zornig davongemacht.

Heute habe ich die Blätter noch einmal auf Hochglanz poliert, ihnen quasi die Letzte Ölung verabreicht, wenn ich das mal so sagen darf.

Morgen sind sie dran. Morgen setze ich die Schere an. Mir graut schon vor dem weißen Blut, das ausströmen wird, vor der Wunde, die ich meinem grünen Riesen schlagen muss.

Fünf sofakissengroße Blätter werden auf mich fallen, wie die grünen Hände eines Riesen werden sie mich zudecken. Ich werde die Augen schließen und stumm vor mich hin leiden. Welche Schmach, werde ich denken und versuchen mir auszureden, dass Pflanzen eine Seele haben.

Tee für die Kamelie

Gehören Sie auch zu den Fantasten, die sich hin und wieder gern einmal vom geheimen Zauber metaphysischer Kräfte verführen lassen? Geben Sie es zu, so manches Mal sind Sie schon davon überzeugt gewesen, dass sich Dinge nur mit Hilfe des Glaubens an das Übersinnliche begreifen lassen, weil sich auf mysteriöse Weise plötzlich etwas zum Guten wendet.

Ich jedenfalls will versuchen, mit Hilfe guter Geister ein lebendiges Urlaubssouvenir zum Survival anzuregen, das nach dem Transport über den Brenner, vom sommerlich warmen Süden in den kalten Norden, kränkelt.

Auf einem italienischen Wochenmarkt in Meran hat mich eine blühende und mit aller Kraft knospende Kamelie verleitet, das buschgroße Exemplar über die Alpen nach Hause zu chauffieren. Mit einem temperamentvollen Arrivederci und eindrucksvollen Beschwörungsformeln hat mir der Händler auf dem Meraner Wochenmarkt das Blütenwunder transportgerecht hergerichtet und versichert, es könne hoch oben im Norden, an der heimatlichen Ostsee, vorübergehend sogar einmal Minusgrade vertragen. Ich bezahlte dreißig Euro und freute mich, sprach der Pflanze gut zu, dass sie nicht schlappmachen möge auf dem Tausendkilometertrip hinauf in die kalten Zonen.

Die Kamelie hat sich im kühlen Aprilwetter auf meiner Terrasse gut eingelebt. Nachts sorgsam geschützt durch Decken und Polster, trotzte sie dem Klimawechsel eine geraume Zeit. Weil es sich so ergab, pries ich einmal in einer Gärtnerei die üppige Knospenpracht meiner Urlaubstrophäe und musste mich hier von Blumenchefin Heidi in meinem Enthusiasmus leider zügeln lassen: Eine Kamelie von mediterraner Herkunft erkälte sich bei diesen Apriltemperaturen, die hart an die Frostgrenze stießen. Mensch gleich Schnupfen, Pflanze ebenso, setzte sie die heraufziehende Gefahr ins Bild. Ich täte gut daran, das gute Stück ins Haus zu holen.

Nur einen kurzen Gedanken verschwendete ich noch an den Gärtner auf dem italienischen Wochenmarkt, der von pflanzlichen Widerstandskräften auch unter der Nullgrenze gesprochen hatte, ließ die Kamelie in mein Wohnzimmer umziehen und träumte von der Entwicklung ihrer zahlreichen Knospen hin zur vollen Blüte. Vor Ostern, als die Tage endlich wärmer wurden, entließ ich die Blume zurück auf die Terrasse, gönnte ihr einen warmen vorgetäuschten Sommerregen und verzieh ihr großzügig, dass sie mittlerweile ein Dutzend Knospen abgeworfen hatte. Immerhin hing das Laub noch voll von zartem Rosa im Blütenanfangsstadium, mit dem ich mich zufrieden geben wollte.

Aber meine Südtiroler Blumenfreundin hat sich mittlerweile oben im Norden so stark erkältet, dass sie streikt und mir ihre Knospen bis auf einen kleinen Rest vor die Füße kullern lässt. Statt anderes zu tun, treibt sie neue grüne Blätter an den Spitzen und wiegt sich ergeben im kühlen Frühlingswind, der von Westen weht, wo ich ihr immerhin einen Schutz gebaut habe.

Dieser Tage nun liege ich um die Mittagszeit neben meiner Kamelie auf der Terrasse, träume Meraner Urlaubstagen nach, die mich schon mit reichlich Blütenwundern verwöhnten, und pflege meine der mediterranen Heimat entrissene Blütenpflanze mit Hilfe des Glaubens an übersinnliche Kräfte. Vorgestern habe ich im Fernsehen gehört, dass die Kamelien in England deshalb so fantastisch wachsen, weil man sie mit Tee düngt. Seit Tagen trinke ich nun schwarzen, grünen und auch Kräutertee um die Wette und lasse den Satz meiner Pflanze zukommen. Hin und wieder teilen wir uns auch meinen Tasseninhalt, wenn ich auf der Terrasse sitze und darüber philosophiere, dass Pflanzen halt auch ihre Eigenarten haben mögen.

Meine Kamelie wird mir vielleicht eines Tages beweisen, dass sie Teetrinkerin ist, wenngleich ich den Verdacht nicht abschütteln kann, dass sie es eigentlich eher mit Cappuccino oder Espresso haben müsste. Soll man ernsthaft darüber nachdenken, ob englische Kamelien Tee bevorzugen und italienische nach ihrem Espresso verlangen?

Wenn ich genau hinschaue, dann kann ich feststellen, dass meinem zaghaft Blüten treibenden Sorgenkind der von mir verabreichte Tee anscheinend gut bekommt. Die Kamelie sprengt ein paar Blütenknospen mit voller Macht. Ich bin inzwischen überzeugt, dass sie grünen Tee am liebsten mag. Und den genieße ich, wenn möglich, mit ihr gemeinsam zur blauen Stunde, auch wenn mancher darüber lächeln mag, und fühle mich, nun ja, wie die Kameliendame.

Herbstliche Melancholie

Sind Sie ein Herbsttyp? Dann haben Sie es jetzt gut. Was kommt da nicht alles an verlockend Schönem auf Sie zu: Regenschauer, Stürme, moderndes Laub, warme Heizkörper, Vivaldis Jahreszeiten dritter Teil.

Die malt Lebensqualität, diese Palette vom Herbst, mögen Sie sagen und sich kuschelnd in warme Decken hüllen, dem Trommeln der Regentropfen an der Fensterscheibe lauschen und schon mal über – Weihnachtsgeschenke nachdenken.

Aber was ist mit Menschen wie mir und meinen Empfindungsgenossen? Mit uns, die wir die große Stunde des Abschieds vom Sommer hinnehmen wie eine Beisetzung aller fröhlichen Gefühle? Uns tut der Anblick der Blumen weh, die sich mit letzter Kraft noch einmal in leuchtenden Farben entfalten, uns schmerzt die tiefer sinkende Sonne, die mittags nicht mehr über die Baumkrone reicht. Wir spüren die Melancholie des nahenden Herbstes und rezitieren mit Betrübnis Rilke: »Der Nachmittag kennt keine Sehnsucht mehr«, weil wir festgestellt haben, dass sich die gefühlsintensiven Poeten mit uns so verbunden fühlen und den Septembermonat schon allezeit als Synonym für Abschiedsweh erkoren haben.

Ich sitze im Strandkorb am Meer, noch brennt die Sonne in mein Gesicht. Aber zu wissen, dass es nur noch wenige Tage dauert, bis sie blasser werden wird, stimmt mich traurig. Hilfe, ich bin ein Sommertyp! Ein Sonnenanbeter, Strandgänger, Gartenfreund! Ich liebe die hellen Nächte, den Gesang der Vögel, alles, was grünt und blüht.

Ach, versuchen Sie mich nicht zu trösten und abzulenken mit dem Hinweis auf glückliche Stunden am warmen Ofen, auf herbe, einzigartige Düfte in Feld und Flur. Ich lasse die ersten Anzeichen der dunklen Jahreszeit nur schwer bei mir anklopfen und wehre mich mit letztgepflückten Blumensträußen, die mir noch einmal das Lied der warmen Jahreszeit, des Sommers, singen. Und ein letztes Mal steige ich mit Theo, Otti, Monika und Wolfgang, mit all meinen lieb gewonnenen Strandkorbnachbarn, in die Ostsee und nehme Abschied. Mit der süßen Lust am leisen Weh, für das der September verantwortlich ist mit seiner Rücktrittserklärung von sommerlichen Badefreuden.

Was bleibt uns Sommerlaunigen aber letztlich anderes übrig, als uns loszulösen von der schönen, hellen, der warmen Jahreszeit, die uns erbarmungslos in dunklere Tage führt? Vielleicht trösten sich alle Sommer-

und Sonnenanbeter mit mir, indem sie sich von den anderen, den Herbstlustigen, überzeugen lassen, dass auch die kühlere Jahreszeit ihre ganz besonderen Reize hat.

Aber ich sehe schon, Sie, die mit mir gern dreihundertfünfundsechzig Tage im Jahr Sommer hätten, winken ab und denken schaudernd an die einsamen Klageschreie schwarzer Raben über nackt umbrochenen Feldern, an kriechende Nebel, scheidende Zugvögel und an graue Wolken über einem menschenleeren Strand.

Ach, kommen Sie, hören wir auf zu jammern. Reißen wir uns zusammen. Schieben wir ein paar Bratäpfel in den Ofen, suchen wir nach den ersten Nüssen und bewundern wir, was der Herbst uns alles in die Bäume hängt. Zu keiner anderen Jahreszeit schüttet uns Mutter Natur ihre Gaben so großzügig vor die Füße. Eigentlich sollten wir ein bisschen dankbarer sein, wir Sommersonnennachträumer, und mutigen Blicks den Abtransport unserer Strandkörbe begleiten, Sie und ich.

Gedanken zum November

Mit einer jüngeren Bekannten kam ich dieser Tage ins Gespräch über die Trauer. Sie hatte eine Todesanzeige aus dem Freundeskreis erhalten und haderte mit dem Schicksal, das so ungerecht die Lose verteile. Sie ließ es gerade noch zu, dass ich den Begriff von der Endlichkeit des Lebens streifte, die jetzt, im November, mit den traurigen Gedenktagen uns allen als ganz normale tägliche Realität ins Bewusstsein rücken müsse, da brach sie das Gespräch abrupt ab und freute sich auf ein für das bevorstehende Wochenende geplantes Fest, auch stünde hier und da ein Geburtstag an mit einer Superparty, und damit hätte dann der November mit seiner Herausforderung an traurigen Gedenktagen für sie ausgedient.

Ich fragte mich im Nachhinein, durchaus nicht auf dem Weg in eine depressive Phase, wie viele Chancen die Auseinandersetzung mit Trauer und tiefer gehenden Gedanken diese unsere Zeit noch habe, schließlich sind wir täglich herausgefordert, in der Üppigkeit sämtlicher Genüsse zu baden, mit denen uns die Werbung optimale Lebensfreude verspricht. Wer will da –

dressiert auf Fleisch- und Fresslust – noch auf den warnenden Hinweis hören: Wir amüsieren uns zu Tode? Wer will da bußfertig an der Abwehr der Verdorbenheit arbeiten, nachdem uns schon der Buß- und Bettag weggestrichen wurde?

Als neues Offenbarungswissen lässt der moderne Mensch doch größtenteils nur noch das an sich heran, was ihm sein als Autorität akzeptiertes Medium Fernsehen oktroyiert. Magische Wunderhoffnungen, für die die Zeit längst reif ist, werden nur noch von Idealisten mit dem Glauben an eine neue Ethik verknüpft, die die Frage nach dem richtigen, dem vernunftgemäßen und tugendhaften Handeln löst. Wissenschaftler warnen schon seit langem: Eine neue Ethik sei gefordert zur Wahrung der Verantwortung für unser Geschlecht und alles Erdenleben. Man müsse dafür sorgen, dass aus einer solchen Ethik eine große Bewegung erwache, die sämtliche widerstrebenden Kräfte auf den verschiedenen gesellschaftlichen Ebenen, von oben bis unten, von der Notwendigkeit eines grundlegend gewandelten Verhaltens überzeuge.

Wenn nicht in diesen, in welchen Rahmen sonst sollte die Besinnung auf die inneren Werte des Menschen gehören, auf seine Handlungen und die ihn leitenden Handlungsregeln?

Tod und Trauer herauszustreichen aus dem Bezug

zum täglichen Leben, das Carpe diem nur im freudvollen Genuss anzusiedeln – dagegen lohnt sich der Versuch der Erfahrung, wie viele Lebenswerte, wie viele Bereicherungen aus der Auseinandersetzung mit den wirklich bewegenden Fragen gewonnen werden, die in den tieferen Schichten unserer Seele auf Antwort warten. Nach Schopenhauer würden wir dann das Mitleid als einzige Grundlage der Ethik bestimmen.

Andere weitgehende zigfache Interpretationen des Ethikbegriffes, vorgenommen von den dem menschlichen Handeln nachspürenden Philosophen, sind ebenso wertvoll, wenn nicht bedeutsamer für die Frage nach den sittlichen Werten des Menschen.

Zu den Themen Tod und Trauer in unserer Zeit, meine ich, sollte der Begriff vom Mitleid, vom Neuüberdenken des Sinns der Traurigkeit unserer Mitmenschen, auch unserer eigenen, in diesen Novembertagen, die der Trauer und Besinnlichkeit gewidmet sind, im Vordergrund stehen.

Leben findet im Wechsel statt von Freude und Leid. Eines wäre allein ebenso unvorstellbar und unbekömmlich wie das andere. Wir brauchen die Trauer, um den Wert des Frohsinns neu ermessen zu können. Eine Art von ganz besonderem Frohsinn, der nicht mehr ausschweift, weil er seine Grenzen kennen gelernt hat mit Hilfe der Sinnsuche in der Traurigkeit.

Signale von Mensch zu Mensch

Sind Sie auch gerade von einer Reise zurückgekommen? Dann lassen Sie uns doch einmal gemeinsam Rückschau halten auf das, was uns im Urlaub bereichert hat. Nein, ich meine nicht die Mitbringsel, den einen oder anderen Einkauf in Souvenirläden, Boutiquen oder Märkten. Ich denke darüber nach, was unsere Sinne neu belebt, was uns stark gemacht und wieder zurückgeführt hat zu Glück und Wohlbefinden, die uns ausgelaugt schienen im gehetzten Alltag vor den Ferien.

Beginnen wir einmal mit dem ersten Tag Ihres Urlaubs fern der Heimat. Sicher sind Sie nicht mit einer Blaskapelle begrüßt worden, mit großem Bahnhof oder in Anwesenheit einer Fernsehkamera. Aber vielleicht haben Sie das Glück gehabt, mit einer kleinen Aufmerksamkeit ganz groß willkommen geheißen worden zu sein. Vor unserer Tür zum Hotelappartement fanden wir einen Blumenstrauß mit Willkommensgruß von einer Bekannten, die wir vor Jahren schon in diesem kleinen idyllischen Schwarzwaldort kennen und lieben gelernt hatten. Sie freue sich, uns wieder hier, im Ländle, zu wissen, hatte sie auf das Kärtchen geschrieben, und sie würde sich in den nächsten Tagen wegen einer Einladung zum schwäbischen Zwiebelkuchen melden.

Solche Gesten tun wohl, bereiten sie doch ein Stück Zuhause am Urlaubsort, erwecken Zugehörigkeitsgefühl zu den Menschen, in deren Heimat wir zu Gast sind. Überhaupt erkennen wir besonders in den Ferien, in Tagen der Muße und Entspannung, wieder einmal mehr, wie wichtig die kleinen Signale von Mensch zu Mensch sind, wie gut es tut, sich in fremder Umgebung geborgen zu fühlen, ganz einfach willkommen zu sein.

Wie lange hatten wir nichts mehr von Hans und Ingeborg gehört, die diesmal in Nähe unserer Fahrtroute lagen. Also – ein kurzer Anruf und ein Kaffeestündchen abgezwackt. Ein so herzliches Willkommen während der langen Fahrt Richtung Süden. Und mit munteren Worten aufgetankt, geht es weiter über die Autobahn.

Auch erinnern wir uns gern an das Gespräch mit dem alten Bauern oben in Beinberg, die Schwarzwaldtäler unter uns. Von der Dachsplage erzählte er, von dem bescheidenen Leben der Bergdörfer und den alten Sagen, die um die mittelalterliche Burg an der Nagold kreisen. Wir sammeln neben Tannenzapfen und Kastanien das Lächeln des Caféhausbesitzers ein, der uns all die Jahre so freundlich seine Spezialitäten serviert und nach den letzten Stürmen an der Ostsee fragt. Wir lächeln rückblickend über manches Schwätzchen mit den Schwaben in der dampfenden Therme. Der Gruß des Waldarbeiters im Hochwald und das freundliche Grüß Gott eines einsamen Spaziergängers im Monbachtal – wo Menschen sich freundlich einander nähern, entsteht ein Wohlgefühl, da entzünden sich kleine Lichter von Gutwilligkeit und Freundschaft, von denen wir uns wünschen, sie möchten Bestand haben wie die Stärke der zweihundertjährigen Fichten oder noch älteren Eichen auf unserem Weg durch die Einsamkeit der Wälder oder über windbelebte Bergkämme. Wer sich hier begegnet, weiß um das Geheimnis der Wahlverwandtschaften des Zusammengehörigkeitsgefühls.

Wir können von Florida nach Boston fliegen, von Dublin nach Amsterdam oder von Vancouver nach Helsinki, können sonst welche Routen reiselustig zurücklegen. Das, was unsere Herzen wirklich wärmt, ist nicht nur der Anblick eines Baudenkmals, einer exotischen Landschaft oder malerischer Sonnenuntergänge. Was wir heimreisend in der Erinnerung speichern, ist vor allem das, was wir an innerer Bereicherung, an Sympathie und Entgegenkommen der Menschen in der Fremde erfahren haben. Es lässt sich nicht dingfest in Koffer packen wie Bikinis, Wanderschuhe, Sonnenhüte und Regenmäntel. Es setzt sich in unseren Herzen fest und lässt so wunderbar nachträumen von Begegnungen mit Menschen, die sich urlaubsfreudig aufgeschlossen haben wie wir. In den Bergen, in Wäldern oder am Meer. Wieder einmal mehr stellen wir fest, dass die Freundlichkeit der Bewohner in unserem Urlaubsort die schönste Visitenkarte des Tourismus ist. Und davon regelrecht beflügelt, kehren wir mit dem guten Vorsatz in die Heimat zurück, dass wir ab sofort nur noch allen Menschen freundlich begegnen wollen.

Wie lange solche guten Vorsätze wohl anhalten mögen, fragen Sie, liebe Freundin, lieber Freund? Weil wir uns selbst nur allzu gut kennen und die Umstände, mit denen uns der Alltag wieder flottmacht, hoffen wir auf alle Fälle so lange, wie unsere Urlaubsbräune uns schmückt.

Abschied von einem lieben Freund

Sie kennen sie wie ich, diese Situationen des Alltags, die uns stoßweise lähmen, von denen wir meinen, die Welt müsse den Atem anhalten. Eine Nachricht entrückt uns der Wirklichkeit, in Räume außerhalb der Zeit. Zuerst haben wir es nur gerüchteweise gehört, hatten noch Gelegenheit, uns selbsttrügerisch an Zweifel zu klammern, die schützen vor dem Hieb in die Seele, dann gibt es kein Ausweichen mehr. Die Realität will akzeptiert werden.

Ein Freund ist von uns gegangen, einer, mit dem wir den größten Teil unseres Lebens verbunden gewesen sind, der uns nahe gestanden hat, uns vertraut war, unabhängig von den Launen des Schicksals, von Anforderungen an Bewährungsproben zwischen dir und mir. Eine Freundschaft nicht der Oberflächlichkeit, sondern eine, die beidseitig ehrlich tiefen Einblick gewährte in das Labyrinth der Herzen.

Die Nachricht bedrückt, lässt die Gedanken in anderen Richtungen kreisen als gewohnt. Alltägliches wird zur Banalität. Mit einem Mal messen wir – wie immer in einschneidend verändernden Situationen des Lebens –

unser Dasein an ganz anderen Dingen, setzen veränderte Maßstäbe. Die kleinen Sorgen, von denen wir meinten, sie müssten unseren Alltag trüben, treten bedeutungslos zurück. Wieder einmal ruft uns das Leben auf die Schulbank, um uns zu lehren, was wirklich wichtig ist. Und wir folgen ergeben und nehmen es an, weil das Lernen niemals aufhört.

Der Abschied von einem Freund, den wir der Ewigkeit anvertrauen müssen, den wir nun niemals mehr um uns haben werden, dessen Verlust unser Leben ein Stück ärmer machen wird, lässt uns auch unsere eigene Zeit neu überdenken, die Wegstrecke, die uns noch bleibt, trotz unserer ständigen Abwehr gegen den Gedanken an die Endlichkeit des Lebens, der uns frösteln lässt. Und insgeheim sortieren wir nach Wichtigem und Unwichtigem, geben neuen Vorstellungen von sinnvollerer Gestaltung unserer Tage Raum und schwanken zwischen williger Akzeptanz eines Schicksalsschlages und dem Hadern mit auferlegter höherer Gewalt.

Die Aufarbeitung unserer Traurigkeit um den Verlust eines Freundes, so entschließen wir uns irgendwann, soll im Sinne dieser Freundschaft geschehen, den sicheren Hafen anlaufen, den sie immer geboten hat. Mit dem Rücken zum Wind, die Sonne im Gesicht, aber auch gegen Stürme haben wir gekämpft, gemeinsam durchgestanden, was in freundschaftlicher Begleitung leichter zu tragen und zu bewältigen ist. Was für ein erhabenes letztes Geschenk an den Freund, wenn wir diese Erinnerung bewahren, die Gedanken festmachen an schönen Stunden, bewährten Freundschaftsdiensten, an dem Vertrauen, dessen einer beim anderen sicher war.

Ein Zeugnis der Dankbarkeit ablegen, das fällt uns ein, und wir wollen dies als Trost für uns selber nehmen. Wer Gutes im Leben getan hat, wird sich dieser Dankbarkeit sicher sein, mit der die Nachwelt ihm Ehre erweist. Unser Freund, den wir verloren haben, ist ein Mensch dieser Couleur gewesen, ein Geber, Gönner, einer, der das Wort Hilfsbereitschaft ganz obenan stellte, auch in der Verbundenheit mit uns, der die Lebensleiter hinauf- und hinabgestiegen ist und sich kommunizierend nicht in der Mittelmäßigkeit aussagefader Weisheiten erschöpfte, um etwa langweilig zu zerfließen. So wissen wir, dass die Weisheiten dieses Freundes, geboren aus Erfolgen und Enttäuschungen, schlicht aus Freud und Leid, sich für unser eigenes Leben übernehmen und nachvollziehen lassen.

Erinnerung, barmherzigste der Schwestern, du neigst dich hilfreich zu mir hin und weisest mir als Mittlerin die Brücke zwischen heut und gestern, sagt ein Dichterwort. Dankbar eines Freundes gedenken zu können, der trotz seines Abschieds von dieser Welt in unserem Leben verankert bleibt, mit seinen Worten, seinen Taten, ist das besondere Geschenk einer Freundschaft. Und wenn wir es so wollen, ist es nicht das letzte.

Du bist bei mir, wohin ich gehe

Haben Sie auch Lektüre in Ihrem Bücherschrank, die Sie ganz nach hinten ins Regal geschoben haben, weil Sie meistens nicht in der Stimmung dafür sind? Ich meine die Literatur, die sich mit der Endlichkeit des Lebens auseinander setzt, die das Thema Tod streift. Wir scheuen sie aus Furcht vor dem Gedanken, uns mit Traurigkeit zu belasten, wertvolle Zeit des Lebens trüben Gedanken zu opfern. Wir sagen uns: Wir brauchen diese Lektüre nicht, es kommt irgendwann von selbst auf uns zu, das Problem der Auseinandersetzung mit dem traurigsten Kapitel des Lebens.

Ich habe eine solche Lektüre dennoch aus dem dunklen Verlies der hinteren Reihe meiner Bücherwand hervorgeholt. Wie magisch hat mich die fast einhundert Seiten umfassende Schrift einer früheren Schulfreundin angezogen, die sie mir bei unserem letzten Klassentreffen stumm ausgehändigt hat. Vielleicht wollte ich sie aus der Stimmung heraus lesen, die mir die vergehende Natur draußen vor dem Fenster an diesem Novembertag malte. Es regnete und stürmte, und die letzten Blätter lösten sich von den Bäumen.

Annedore hatte einigen von uns diese sorgfältig gebundene Arbeit zugesteckt, Auserwählten unter den alten Weggefährten jüngerer Jahre, von denen sie glaubte, dass der Text sie erreichen würde. Vielleicht versprach sie sich von dem einen oder anderen eine tröstliche Reaktion, ein Nachempfinden, wenn's hoch käme ein Mit-Leiden. Ich habe erst heute heftig darauf reagiert beim Studium dieser Geschichte, die sie aufgeschrieben hat nach dem Tod ihrer Tochter, die im Alter von siebenundzwanzig Jahren an Leukämie gestorben ist.

Annedore, die Mutter, die ihr einziges Kind hergeben musste, das der Tod mitten aus dem blühenden Leben riss, nimmt in diesem liebevoll zusammengestellten Buch Abschied von ihrer Tochter und definiert den Begriff des Todes mit den schmerzlichen Worten: Nicht mehr sein, nicht mehr da, nie wiederkommen, nie mehr berühren. Sie zitiert Dichter und Philosophenworte wie diese: Jedes Studium des Lebens, das den Tod nicht mit einbezieht, kann keine nennenswerten Ergebnisse erzielen.

Mit meiner Tochter hätte ich gern über ihre Einstellung zum Tod gesprochen, heißt es dazu, doch wir fanden keine Gelegenheit, denn in der kurzen Zeit ihrer Erkrankung, die geprägt war von Hoffnung auf Genesung, stand diese Diskussion nicht an.

Wer die Aufzeichnungen von Annedore liest, mit denen sie dem Leben ihrer Tochter nachgeht, die gemeinsamen Jahre durchwandert, um Trost zu finden in der Erinnerung, die sich runden soll zu einem Ganzen, das sich annehmen lässt, mit dem man umgehen kann, das sich friedlich auf den Grund der Seele senkt, der stößt selbst an die Grenzen seiner Glaubensfähigkeit und fragt mit der Mutter der siebenundzwanzigjährigen Dörte: Wenn mir jemand sagt, es sei Gottes Wille gewesen, dass mein Kind sterben musste, dann kann Gott für mich kein barmherziger Gott sein, dann kann mein Bild vom gütigen Vater, den der Psalm als Hirten rühmt, der mich auf grüner Aue weiden und mir an nichts mangeln lässt, nicht stimmen. Mir ist Gott abhanden gekommen, ich fühle mich allein und von einem guten Freund im Stich gelassen.

Die Trauer um ein geliebtes Kind zulassen, die Trauer um ein geliebtes Kind aushalten, die Trauer um ein geliebtes Kind durchstehen, ist ein langer und schwerer Weg, ein Weg, den ich kaum alleine gehen kann, schreibt Annedore, die verwaiste Mutter. Erst nach vielen Seiten fällt ein erster Lichtstrahl in die Texte: In der Zeit der Aus- und Aufarbeitung habe ich feststellen können, dass ich auf dem bisherigen, schmerzhaften Trauerweg einen Teil meiner Trauerbewältigung hinter mir lassen konnte. Der Weg nach vorne hat eine kleine Öffnung bekommen, die Wandlung von der Ausweglosigkeit in die Möglichkeit, einen neuen Weg zu finden, hat einen Anfang genommen.

Arbeit an der Trauer – Trauerarbeit. Annedore sagt, dass sie all ihre Verzweiflung und Trauer im Aufschreiben von Texten auszudrücken versucht hat. Sie holt die Vergangenheit in die Gegenwart, spricht zu ihrer Tochter wie zu einer Lebenden, schreibt ihr Briefe und Gedichte. Und nachdem sie alle Stationen passieren lassen hat, die der schönen gemeinsamen Reisen, der Kindertage, der Vertrautheit zwischen Mutter und Kind bis zum letzten Tag, resümiert sie: Ich habe dich nicht gefunden bei den Blumen, nicht über den Wolken, nicht in den Wellen ferner Meere, aber ich habe dich gefunden in meinem Herzen, in dem du für immer sein wirst. So begleitest du mich jetzt überall, wohin ich gehe.

Morgen ist Totensonntag. Vielleicht treffen Sie, liebe Freundin, lieber Freund, Menschen auf dem Friedhof. Mütter, die um ihr Kind trauern, ein Mann um seine Frau, eine Witwe um den Partner, Kinder um Eltern, Freunde um einstige Wegbegleiter. Sie ist groß, die Gemeinde der Trauernden und Leidenden. Am Ewigkeitssonntag wollen wir in Gedanken bei ihnen sein.

Gegen die Einsamkeit

Wer empfindet in diesen dunklen Novembertagen, an denen es bei wolkenverdüstertem Himmel nachmittags schon Nacht zu werden scheint, nicht auch dieses Gefühl von Einsamkeit und Trostlosigkeit? Der Blick zum Fenster hinaus verfolgt die letzten tanzenden Blätter, die der Wind über den Rasen treibt, müde welken letzte Sommerblumen dahin, die wir während der Gartenarbeit noch dankbar als letzten Gruß des Sommers an ihrem Platz ließen. Hoffnung ist immer und überall, dass etwas vielleicht fortbesteht, auch wenn das Wissen eigentlich dagegen spricht. Manches blüht im Leben nur einmal, und deshalb wird auch die letzten Blumen irgendwann der Frost knicken.

Es ist Herbst. Die Kälte treibt uns ins Haus, in die Geborgenheit der warmen Stube, hin zum heimeligen Lampenlicht. »Wer jetzt allein bleibt, wird es lange bleiben«, sagt Rilke in seinem Herbstgedicht, »wird wachen, lesen, lange Briefe schreiben.« Ach, das ist ja längst aus der Mode. Rilke kannte nicht Internet und E-Mails, Handys und Gesimse. Aber unwandelbar ist das Gefühl, auf das er – herbstlich melancholisiert – zielte.

Eine Prosa, die zeitliche Grenzen überdauert. »Und wird in den Alleen unruhig wandern, wenn die Blätter treiben.«

Wie soll ich nun, liebe Freundin, lieber Freund, den Bogen schlagen von Rilke zu dieser einfachen Frau, die mir morgens die Zeitung bringt? Ich weiß es – der Gedanke an die Einsamkeit während dunkler Herbstabende hat mich dazu gebracht, diese Begegnung von heute Morgen angeregt. Vor dem Haus, mit meiner Harke bewaffnet, war ich hinter dem letzten Laub auf den Gartenwegen her. Ich lasse mich dabei – wo, wenn nicht in freier Natur, empfinden wir eindrucksvoller nach, was Dichterworte meinten – gern von poetischen Gedanken begleiten. Diesmal also Rilke. »Wer jetzt allein ist, wird es lange bleiben …«

An meinem Garten vorbei führt ein Weg, den viele alte Menschen aus dem nahe gelegenen Altenheim wandern, und immer suchen sie das Gespräch mit der arbeitenden Gärtnerin an der Hecke, nicht ein einziger Passant mit müden, alten Füßen und vereinsamter Seele geht ohne Gruß vorüber, zögerlich wartend, ob sich nicht vielleicht ein Gespräch entwickeln möchte.

Worüber man redet? Es sind Belanglosigkeiten. Über das Laub, die herbstlichen Wetterlaunen, manchmal auch lobt man mich wegen meines Fleißes. Aber durchweg geht es nur um ein geheimes Verlangen nach Kommunikation. Manchmal aus heiseren Kehlen, die lange geschwiegen haben.

Heute Morgen kam nun meine alte Zeitungsfrau, die die siebzig schon weit überschritten hat, die Auffahrt heraufgezuckelt, den Hund im Fond des Wagens. Immer hat sie ein freundliches Lächeln, besonders wenn sie mich mit der Harke antrifft. Dann bin ich eine, mit der sie sich identifizieren kann, denn sie ist Gärtnerin aus Leidenschaft.

Diesmal hat sie mir von ihrer Katze erzählt, es war die Geschichte ihrer Einsamkeit, die herbstliche Elegie einer alten Frau, deren Lebensuhr auch schon auf November steht. Sie plauderte munter, sprach sich frei vom Gefühl der Verlassenheit. Ich habe sie dafür bewundert.

Der grauen winterlichen Melancholie, so erfuhr ich, trotzt sie mit Hilfe ihrer Tiere. Im Auto bellte der Hund. Zu Hause habe sie noch eine Katze. Drei im Bund gegen das Alleinsein. Perfekt gelungen, das Abkommen, schilderte sie mir. Mensch liebt Tier, Tier liebt Mensch. Ein Bündnis zwischen Fuß und Pfote, Herz und Schnauze. Schnurren, knurren, reden.

»Det is keen Tier, det is'n Mensch«, pries die alte Frau im heimatlichen Dialekt ihre daheim gebliebene Katze. Vor Jahren sei sie ihr zugelaufen, und nun jeden Tag diese große Dankbarkeit, die das Tier ihr entgegenbringt. Kein Halten, wenn es abends vor dem Fernseher gemütlich wird, ein Schnurren um Hals und Schulter, Zuneigung pur, als wollte der Sofatiger sagen: Wir haben es gut miteinander, nicht wahr? »So wat. Nee, det is keen Tier, det is'n Mensch, wa?« Im Auto bellte fordernd MacDonald, der Rüde, das Frauchen möge sich an die Pflichten erinnern, Zeitungen ausfahren.

Allein sein, nee, det kennt se nich, die gute alte Frau, die so gern plaudert, wenn sie die Zeitung bringt. Sie ist versorgt mit treuen Wegbegleitern. Was der Mensch nicht bringt, beim Tier findet man es. Das Wir-gehören-zusammen-Gefühl, das Rezept gegen Einsamkeit und Verlassenheit, gegen das Alleinsein. An jeder Seite einen Vierbeiner während der einsamen Abende im dunklen Herbst – das wärmt die Seele. »Det sind keene Tiere, det sind Menschen.«

Wir, liebe Freundin, lieber Freund, dürfen darüber nachdenken, was die Tiere uns – manchmal – voraus haben.

Nachruf auf einen Kater

Mein lieber Sofatiger. Gestern habe ich von dir Abschied nehmen müssen.

So sollen diese Zeilen dir gewidmet sein. Dir und allen, die die Tierliebe ernst nehmen und somit auch den Schmerz um den Verlust eines Hausgenossen, der viele Jahre lang seinen Platz in allen Winkeln drinnen und draußen gehabt hat.

Du fehlst mir, mein kleiner Tiger. Wenn mich heute, an diesem strahlenden Sommertag, manch einer gewohnheitsgemäß fragt, wie es mir gehe, dann antworte ich nur jenen ehrlich, deren Herz für die Tiere schlägt, dass es mir überhaupt nicht gut geht. Ich hüte mich, anderen von meinem Schmerz um den Abschied von dir zu erzählen. Ein Be-Lächeln kann wehtun. Und das erspare ich mir.

Du hast unsere Familie treu begleitet. Achtzehnmal dreihundertfünfundsechzig Tage lang. Das muss man sich einmal vorstellen.

Wenn ich deine Treue mit der mancher Zweibeiner vergleiche, erhältst du jede Menge Bonuspunkte. Die lassen sich leider nicht mehr umsetzen in diese und jene Leckerei aus Töpfchen und Döschen, aber sie glänzen in meiner Erinnerung und setzen dir ein Denkmal der Dankbarkeit und Liebe. Entsprechende Worte habe ich dir zum Abschied zugeflüstert, als ich dich gestern ganz allein in unserem Garten begraben habe. Eingehüllt in deine Sofadecke, ruhst du jetzt unter der Birke, in der die Vögel singen, die du stets aufmerksam im Blick gehabt hast. Ich muss lächeln. Wie schlau die kleinen Piepmätze sind. Seit du in den letzten Jahren so hinfällig wurdest, haben sie genau gewusst, dass keine Gefahr mehr ausgeht von dem schwarz-weiß gefleckten Schnurrer unten auf den Gartenplatten. Frech, wie sie dich manchmal regelrecht genarrt haben.

Jetzt bist du erlöst. Die Tierärztin hat dir sanft hinübergeholfen in eine Welt, in der du vielleicht als wiedergeborener Springinsfeld den Mäusen nachjagst und die Amseln ärgerst. Grüße bitte alle, die du drüben wiedertriffst und die ich liebe. Sie werden sich freuen, wenn du kommst.

Ich danke dir für eine lange Reihe von Jahren, in denen du unsere Familie froh gemacht hast. Ein bisschen viel Unsinn getrieben in der Jugend, wie beim Menschenvolk. Auch mal Sorgen dann und wann, wenn du dein Revier allzu großzügig ausgeweitet hattest und wir dich suchen mussten. Aber alles in allem:

Wir haben gern mit dir gelebt. Und ich denke oft darüber nach, was Menschen entbehren, die nie ein Haustier an sich gedrückt haben. Wie gut, dass sie's nicht wissen, die Armen, dass ein Hausgenosse wie du so viel Stimmung in den Alltag bringt. Du hast unsere Fröhlichkeit angekurbelt, träge dahinfließende Stunden belebt. Hast Witz und Humor in uns geweckt, Nachdenklichkeit. Für Überraschungen gesorgt. Hast uns oft auch zum Vergleich zwischen Mensch und Tier herausgefordert. Deine Duldsamkeit in traurigen Stunden rühme ich. Deinen Trost, der aus den Streicheleinheiten über dein Fell zu erfahren war. Deine Hilfe bei der Wiedereingliederung in gute Gedanken. Dein stummes Zuhören bei jeder Art von Diskussion.

Treu hast du an meiner Seite gesessen, wenn die Schreibmaschine klapperte, mich hin und wieder auch ermuntert, über dich zu schreiben (im Gegensatz zu den Kindern nie gemotzt, weil ich etwas aus der Familie ausplauderte!). Ach, du bist rundherum mein ständiger Begleiter in Haus und Garten, an Schreibtisch und Küchenherd gewesen, ich verrat es einfach mal: an kalten Tagen auch in meinem Bett.

Meine Gefühle springen im Zickzack, wie ein Kater auf der Jagd nach Mäusen. Ich muss mich fangen, ich weiß es, aber noch ist die Zeit nicht reif dafür. Abends vermisse ich dich auf der Decke neben mir, wo du dich stundenlang streicheln ließest. Die nächtlichen Spaziergänge durch den Garten werden einsam sein.

Ich habe dich bis zu deinem letzten Atemzug begleitet, das mag ein kleiner Trost sein. Oder ich versuch's mal mit Margrits Zuversicht, der Freundin unseres Hauses, die dich so liebevoll versorgte, wenn wir einmal verreist waren. »Auf Wiedersehen«, hat sie dir zum Abschied gesagt, »wo du jetzt hingehst, da ist es auch schön.«

Mein lieber kleiner Tiger, der Abschied von dir tut weh. Wer darüber lächelt, dass ich so empfinde, mag es tun, ich bedaure ihn heimlich wegen der Verarmung seines Herzens.

Vor der hast du uns bewahrt. Dafür danken wir dir.

In Tagen, die sich launisch zeigen

Gegen Goethe und alles andere

Haben Sie auch ein paar Leute in Ihrem Freundes- und Bekanntenkreis, die immerzu auf Konfrontationskurs sind? Egal, was gerade diskutiert werden soll, sie hissen schon vor Beginn der Debatte ihre Fahne, auf der geschrieben steht: Ich bin dagegen!

Seufzen wir gemeinsam: Mit solchen Menschen ist schwer umzugehen. Sie erinnern uns Mütter an den pubertierenden Nachwuchs, der uns irgendwann gelehrt hat, mit Querdenkern Nachsicht zu üben. So haben wenigstens wir die Lektion gelernt, dass manchmal ein sanftmütiges Lächeln für beide Seiten bekömmlicher ist als Nachahmen eines Stiers, dem man die Muleta, das bekannte rote Tuch der Arenakämpfer, gezeigt hat.

Ich gerate immer wieder mit einer Dame der höheren Geistesfakultäten aneinander, die wundersamerweise mit dem großen Goethe nichts im Sinn hat. Ausgerechnet eine Vertreterin der Germanistik und Literaturwissenschaft im Lehrberuf sträubt sich gegen Leckerbissen, literarische, versteht sich, die ich ihr – ein Portiönchen Boshaftigkeit mag dabei im Spiel sein – trotzig zum Verkosten anbiete. Ob Faust mit seinen lukullischen Tafelfreuden für geistige (Zitaten-) Schlemmer, Werther mit seiner tiefgründigen Leidensfähigkeit oder nur der bescheidene Wanderer mit seinem kleinen Nachtlied, sie geht auf Anti-Goethe-Kurs, hisst ihre Fahne mit dem Bekenntnis: Ich bin dagegen.

»Was wollen Sie denn?«, schilt sie mich antigoethisch, »wollen Sie etwa diese Bourgeoisie hochloben?« Und sie schießt gleich mit Kanonen auf den großen Meister der deutschen Dichtkunst, indem sie ihn hinter Karl Marx versteckt und seiner Interpretation vom wohlhabenden Bürgerstand, der herrschenden Klasse in der kapitalistischen Gesellschaft.

Ich muss gestehen, ich bin solchen Diskussionen nicht gewachsen. Goethe und Marx in einem Atemzug sind mir unverdaulich, und ich lächle jedes Mal gequält, wenn unsere Unterhaltung, ob wir es wollen oder nicht, auf entsprechenden Kurs, also in die Sackgasse gerät. Mag sein, dass sie sich immer wieder gereizt fühlt, wenn ich sie, die fanatische Verfechterin topmoderner Literatur, von der ungeheuren Aussagekraft eines Goethe-Textes zu überzeugen versuche, die auch in unserer Zeit noch Gültigkeit habe. Jedenfalls erklärt sie mir schon mit der Interpretation der Gretchenfrage den Geisteskrieg.

Ich übe mich mittlerweile in zaghaft nachsichtigem Lächeln, wie gesagt, in Erinnerung an die pubertierenden Kinder, die ich ins Leben begleitet habe, und rezitiere in Goethes Schatten vor mich hin: »Alles Vergängliche ist nur ein Gleichnis, das Unzulängliche, hier wird es Ereignis.« Denn mit der Zeit habe ich entdeckt, dass die goethefeindliche Dame mit dem griesgrämigen Blick auf die Bourgeoisie des achtzehnten Jahrhunderts im Leben schlechthin auf Konfrontationskurs steht. Neulich habe ich sie als Mitfahrerin durch die ostholsteinische Frühlingslandschaft chauffiert. Beinahe hätte ich ihr herausfordernd etwas vom Weimarer Dichterfürsten in den Fond des Wagens geschleudert, etwa dieses: »Vom Eise befreit sind Strom und Bäche durch des Frühlings holden, belebenden Blick, im Tale grünet Hoffnungsglück!« Aber sie kam mir zuvor und kritisierte wörtlich die schrecklich monotone Feldbestellung der ostholsteinischen Gegend. Ich erfuhr auch, dass sie Weihnachten für ein verlogenes Fest halte, das nur von Pseudochristen so gefühlsintensiv gefeiert werde. Nein, noch niemals habe sie, aus Abwehr gegen Heuchelei, einen Tannenbaum in ihre gute Stube gestellt.

Inzwischen zucke ich nur noch die Schultern, wenn wir aneinander geraten. Und das kann schon bei der Feststellung geschehen, dass das sonnige Wetter heute so recht die Stimmung beflügele.

Ob Sie es glauben oder nicht, liebe Freundin, lieber Freund, ich erzähle Ihnen hier kein Märchen. Wissen Sie, was mir die Dame während unserer letzten Begegnung vor Tagen darauf geantwortet hat? Sie sei froh, wenn die Sonne hinter den Wolken bleibe. Keinesfalls belebe Sonnenschein ihr Gemüt. Im Gegenteil, sie fühle sich so richtig wohl bei herbstlichen Temperaturen, bei Regen, der an die Fensterscheiben klatscht.

Ich wollte noch einmal entrüstet protestieren, aber der alte, weise Goethe ließ mir durch seinen Erlkönig die Hand vor den Mund halten, und ich hörte ihn flüstern: »Sei ruhig, bleibe ruhig, mein Kind.«

Auch Dr. phil. Dieter hat seine Phobie

Ich hätte doch zu gern einmal gewusst, wovor Sie sich fürchten, nachdem ich dieses Gespräch mit Dieter geführt habe. Mann, irgendwie war das lustig.

Aber vorweg: Wie entsteht eigentlich diese merkwürdige Furcht in uns, die manchmal in regelrechten Phobien, also krankhaften Ängsten vor irgendetwas, gipfelt? Da hat sich sicher so manch unangenehmes Erlebnis tief in unserem Unterbewusstsein festgesetzt, das bei bestimmten Anlässen wieder zu lodern beginnt, und schon bricht Ihnen oder mir der Angstschweiß aus beim Anblick von Schlangen, Spinnen, Skorpionen oder Gewitterwolken. Das Feld ist groß, auf dem die Ängste wachsen. Und das Verständnis dafür ist – leider – nicht immer rege.

Wer Familie hat, der weiß, wie sich Ängste bei jungen Menschen, beim Kind, entwickeln. Abgesehen von meiner eigenen Phobie vor Schlangen, die ihre entsprechend abschreckende Vorgeschichte hat, habe ich hinlänglich Erfahrung mit Furcht vor unangenehmen Kreaturen. Bei dem einen Kind war es die panische Angst vor Spinnen (die kleinere Schwester hatte der großen einmal eine handtellergroße Plastiktarantel vom Rummelplatz auf die Bettdecke gelegt und damit ungeahntes Unheil heraufbeschworen), das spinnenfreundliche Kind grauste es wiederum vor Fledermäusen und Vampiren und das jüngste vor Schnaken, jenen langbeinigen Mücken, die sommertags gern durchs offene Fenster hereingetaumelt kommen, mit Vorliebe bei abendlichem Lampenlicht. Die Vermeidung eines Phobieanfalls beim jüngsten Familienmitglied hat die übrige Mannschaft schon so manchen unerträglich schwülen Sommerabend bei geschlossenen Türen und Fenstern schmachten lassen.

Auch an Freund Edmund denke ich, der es mit den Haien hat. Als Kosmopolit mit weit reichender Reiseerfahrung und einem großartigen Wissen um Flora und Fauna vom tropischen Regenwald bis zu haiverseuchten Stränden hat er nur eines im Auge: Beim Baden in fremden Meeren schaudert es ihn vor dem Auftauchen einer Haifischflosse, die, darauf schwört er, irgendwann irgendwo auf ihn zusteuern und ihm arg zusetzen wird.

Ich weiß von Freunden, die sich vor Blitz und Donner zu Tode erschrecken, keinen Fahrstuhl betreten, bei einer Veranstaltung in der letzten Reihe sitzen müssen, um bei Bedarf schnellstens flüchten zu können. Von solchen, denen beim Aufenthalt in geschlossenen

Räumen der Angstschweiß ausbricht, und anderen, die schwarze Katzen meiden, Flugzeuge oder Mäuse.

Und was war nun mit Dieter, meinem Freund, der während einer Unterhaltung gern forschend in die tieferen Schichten Seelenverwandter schon von Berufs wegen einsteigt? Ich sollte vielleicht erwähnen, dass Dieter ein Doktor der Philosophie ist und die Dinge, die besprochen werden, allumfassend betrachtet.

Während unseres letzten Gespräches ließ er sich über dieses aus: Er habe in einer Fernsehreportage davon erfahren, dass es in den großen Mietshäusern hierzulande eine neue Plage gebe, dass Ratten die Abflussrohre hinaufstiegen und in ganz schlimmen Fällen Guten Tag sagten beim Auftauchen in WC-Schüsseln. Es schauderte meinen Gesprächspartner sichtlich, während er sich ausmalte, wie er da sitzt, und von unten herauf kommt Besuch, mit knurrendem Magen, und beißt ihm sonst was ab.

Freund Dieter zog den Kopf ein und verschränkte die Arme vor der Brust, Zeichen der Abwehr vor peinigenden Bildern. Ich hätte ihm, zugegeben, ja gern mit Trost und Zuversicht geholfen. Aber eingedenk des Sprichwortes »Wat mutt, dat mutt«, das auch einer wie Dieter aus dem Ruhrpott versteht, fand ich keine Alternative zum Gang auf das stille Örtchen. Bestenfalls hätte ich ihm raten können, sich nach Kleinkindmanier wieder eine Stufe niedriger zu setzen, um die Gefahr einer Attacke von unten auszuschließen. Aber darf man einem Menschen witzig kommen, wenn er sich mit schauderhaften Vorstellungen quält?

Ich hätte Dieter, dem Doktor der Philosophie, gern etwas ganz Kluges, seinem Geist Angemessenes gesagt. Aber finden Sie mal etwas Passendes bei Sokrates, Kant oder Heraklit, das dem Thema gerecht wird!

Ich seufze also still vor mich hin und bin voller Verständnis für Dieter und alle anderen, die sich mit ihrer Furcht herumplagen, ihrer nicht bezwingbaren Abneigung gegen Schlangen, Spinnen, Schnaken, Ratten und was es sonst noch alles gibt, was sensible Menschen das Fürchten lehrt.

Pädagogisch völlig daneben

Das muss ich Ihnen doch erzählen. Also – heute ruft mich Wiebke, eine alte Freundin an, und wir verwickeln uns in ein langes Gespräch. Wiebke schildert mir, wie sie mit ihrer Pädagogik studierenden Tochter auf Shoppingtour gegangen ist, kreuz und quer durch Hamburg. Sie möchte mit mir ein wenig über die moderne Pädagogik philosophieren. Nun gut.

Wiebke war schon immer eine großartige Erzählerin, konnte Bilder malen, die von Farben sprühten, mit Worten versteht sich, denn meistens kommunizieren wir telefonisch.

»Wo lassen bloß DINKS all ihr Geld? Kann man das zu zweit überhaupt alles auf den Kopf hauen?«, fragte sie, und ich hörte sie tief seufzen.

»DINKS?«, fragte ich nach. Hatte ich irgendwann schon mal gehört, aber meine grauen Zellen streikten.

»Double income, no kids.«

Aha. Ich machte mir ein Bild. Sah Wiebke mit Tochter Amelie die Spitalerstraße hinunterschlendern und hörte sie all die Entzückensrufe einsammeln, die das Verweilen vor den Schaufenstern begleiteten. Hamburg hat viel junge Mode. Entzückende Sachen, da wird man schnell zum Opfer, ohne sich groß anstrengen zu müssen.

»Dieses Pflastertreten, es bringt mich jedes Mal um«, lamentierte Wiebke, die angeblich noch heute, zwei Tage nach der Shoppingtour, unter wehen Füßen litt. Dass die neue junge Mode wieder mit Rüschen kommt, erfuhr ich, dass Pastellfarben ganz groß aufblühen, die Rocklänge immer frecher wird und dass wir, die Oldies, in die jugendlichen Größen längst nicht mehr hineinpassen, alles zwei Nummern kleiner geschnitten als sonst.

»Und dann entdeckt meine süße Amelie bei H & M diese süße Millefleur-Bluse, eine schwarze Satinhose mit raffinierten Schlitzen und einen Jeansrock mit Strass auf den Taschen.« Wiebke atmete hörbar. »So was ist Pflicht im Kleiderschrank, sagt mir das gute Kind, da kommt man in dieser Saison nicht drum herum.«

»Und? Wie ich dich kenne, hast du ihr tüchtig unter die Arme gegriffen, der armen Studentin der Pädagogik?«, meldete ich mich mit meinem Verdacht.

»Woher weißt du das denn?« Wiebke staunte.

»Weil ich selbst Nachkommen habe.«

»Natürlich«, hörte ich sie, »ihr seid ja auch keine DINKS. Na, dann weißt du ja Bescheid, wie das Leben so läuft«, wurde mir versichert.

Sie fuhr nun fort: »Also, das gute Kind trägt die große

Tüte von H & M selig über den Boulevard und geht plötzlich wie eine Schlafwandlerin auf ein Schaufenster zu, in dem ich einen Magier vermutete, der auf Hypnose aus war.«

»Und?«

»Kein Magier. Ein Paar Schuhe.« Es atmete schwer in der Leitung. Die Telefonschnur kräuselte sich schon.

»Die modische Neuheit auf dem Schuhmarkt. Damit stöckeln sie alle über den Campus.«

»Aha«, kommentierte ich und tippte aufs Geratewohl: »Du hast ihr die Dinger sicher spendiert? Man öffnet doch gern sein Portemonnaie für die Jugend, die zielstrebig aufs Examen aus ist, gute Scheine macht und das Leben anpacken will. Da kann man doch nicht als Geizkragen dastehen und seine eigenen Scheine zurückhalten.« Das sagte ich. Und noch dieses: »Auf Mütter ist ja schließlich das Sprichwort fixiert: Geben ist seliger denn nehmen.« Ich fand, ich hatte das wahre Leben vortrefflich beschrieben.

Nein, nein, so sei es beileibe nicht, stellte Wiebke richtig. Die Hälfte nur hatte sie beigesteuert, den Rest wollte ihr Amelie zu Hause erstatten. Sie hatte nur vorübergehend die mütterliche Privatbank nutzen wollen.

»Schließlich verdient sich Amelie einiges mit Babysitting.« Die Mutter der Pädagogikstudentin breitete symbolisch ihre Gluckenflügel aus, Verteidigung pur.

»Na ja«, erwiderte ich knapp.

Wiebke räusperte sich. »Ich habe ihr das Geld natürlich erlassen«, hörte ich, »auf die dreißig Euro kam's dann auch nicht mehr an.«

Ich unterbrach sie. »Lass mich mal raten. Du hast bestimmt gesagt: Lass stecken, Kind. Stimmt's?«

Sie ging darüber hinweg, als hätte sie nicht hingehört. »Die Amelie ist superkorrekt, das kann man nicht anders sagen, die lässt nichts auflaufen«, hörte ich die Glucke.

In das Gespräch schlich sich eine Pause.

»Weißt du, was das gute Kind mir vorgehalten hat, grinsend und mit blanken Augen, als ich ihr den Kredit erlassen hatte?«

»Höchstwahrscheinlich danke«, schlussfolgerte ich simpel und hörte, dass es an der Haustür läutete.

»Du, ich muss ...«

»Warte noch einen Augenblick. Du sollst doch wissen, was eine Pädagogikstudentin ihrer Mutter antwortet, wenn die ihr die Schulden erlässt nach dem Motto: Lass stecken, Kind. DAS IST PÄDAGOGISCH ABER VÖLLIG DANEBEN, DAS WISSEN WIR BEIDE, JA?«

»Hat Amelie gesagt?«

»Hat Amelie gesagt.«

Was bleibt dazu zu sagen? Die Pädagogik hat doch Gutes im Programm.

Bella Italia, ich hisse meine rosa Schärpe

Was ist da nur losgetreten worden vom italienischen Stiefel. Mamma mia! Dieser Signore Stefani, machen Confusione, schelten Tedesci als stereotypisierte Blonde mit hypernationalistischem Stolz, die fallen her über italienische Strände!

Madonna, was denkt sich der Signore dabei? Hat er Pakt geschlossen mit einem Diavolo piccolo? Oder mit Gazetti, die wollen füllen ihr Sommerloch mit Geschwätz?

Silenzio, Signore, gut, dass Sie gesagt haben Arrivederci, genommen Capello und nun versuchen, das Bild gerade zu rücken, damit alle wieder lächeln wie die Mona Lisa in der Toskana, wo doch unsere deutschen Politiker so gut wie zu Hause sind. Und unser Kanzler Geraldo atmet auf, sagen Buon giorno in Trattoria an Maschsee und wickeln Spaghetti nach deutscher Art um die Gabel. Ciao, ciao, amore.

Ach, Signore, irgendwann wird alles Geschichte sein. Storia! Und sich zwischen Po und Busento gesellen zu Cäsar, Alarich und Herrn Mussolini. Und wir Deutschen sagen mit Seneca: Errare humanum est –

Irren ist menschlich – und schicken unseren mobilen Wahnsinn wieder über Gottardo und Brennero Richtung Süden.

Andiamo also, lasst uns gehen in eine neue Zukunft. Finito mit Chiacchiere, wir wollen nicht mehr schwätzen, sondern singen O sole mio und – – – ja, *das* wollen wir: die rosa Schärpe auspacken. Das soll sein mein ganz persönlicher Beitrag zur Wiederherstellung des Friedens zwischen Germania und bella Italia. Habe ich mir abgeguckt im Land, wo die Zitronen blühn, als ich letztens dort gewesen bin, in Marzo anno 2003. Da haben die Transparente auf den Balconi geweht mit dem Aufruf PACE. Denn es war Krieg in Irak, und den wollten die Italiener ebenso wenig, wie wir ihn wollten.

Anders würde es mir, einem Italienfan apassionata, auch das Herz zerreißen. Wenn unser Kanzler sein blondes Dörchen nicht an den italienischen Stränden potenzieller Boshaftigkeit und Häme aussetzen will, *ich* als blonde Tedesca lasse mich von Männern wie Signore Stefani nicht von meiner chronischen Italiensehnsucht kurieren, habe ich doch immerhin schon in jungen Jahren frei nach Goethe geschwärmt: Dorthin, dorthin will ich mit dir, o mein Geliebter, ziehn! und mich an den lieblichen Gestaden Liguriens verliebt, verlobt und verheiratet. Und diese Liebe soll bleiben, so und so, in Eterno, bis in alle Ewigkeit. Basta. Finito.

Und deshalb hisse ich heute meine rosa Schärpe auf meinem Balcone und träume mich ein bisschen aus Deutschlands kühlem Norden nach Süden. Benvenuto nostalgia! Ach, meine Schärpe mit dem Golddruck, die kann was erzählen. Zwei Meter rosa Taft, die mir den Titel verliehen, die Schönste eines kleinen romantischen Ortes an der Riviera zu sein.

Weshalb ich die Geschichte heute ausplaudere? Erstens, weil man sich zu Jugendsünden bekennen darf, wenn man in die Jahre gekommen ist, und zweitens, weil sie das Gegenteil von dem beweisen möge, was Herr Stefani von der Neigung seiner Landsleute zu blonden Frauen behauptet und zum Politikum hochschraubt. Widerspruch: DIE ITALIENER LIEBEN BLONDE FRAUEN. Und das ist gut so.

La bella Bionda! Haben sie gerufen, als ich, kaum zwanzig und das erste Mal in Ferien an Italiens Stränden, aufs Podest gehoben wurde, eine blonde Signorina. Verwöhnt haben sie mich mit Blumen, Goldschmuck, Champagner und mir ihr italienisch glühendes Herz zu Füßen gelegt, auf der Passeggio versucht, meinen Petticoat zu tätscheln, und Pfeifkonzerte haben sie veranstaltet. So ist das gewesen, Signore Stefani, totale contrario zu dem, was Sie da sagen, capire? Madonna mia! Wie lange ist das her, als man mir die rosa Schärpe umgehängt hat. Aber ich habe sie verwahrt, sie irgendwann mit stillem Triumph meinen heranwachsenden Töchtern gezeigt, manchmal scherzhaft über der Küchenschürze getragen, beim Braten von Rouladen und Backen von Biskuits, und die Kinder haben gelacht, aber doch mit einem Quäntchen Respekt ihre Mutter hochleben lassen, die *so* was geschafft hat.

Heute wirkt die rosa Taftseide mit dem Misstitel, zugegeben, ein wenig albern, wollte ich sie mir umlegen. Schönheitswahlen sind der Jugend vorbehalten. Die Töchter sind aus dem Haus, und niemand schaut mehr hin, wenn ich sie heimlich hervorkrame aus der Schublade mit meinen Souvenirs aus der Jugendzeit, zwischen denen sich auch noch eine Postkarte aus Loano tummelt, wo ich einmal vor langer, langer Zeit Jugendträume verwirklicht habe. Die Flügel meiner Träume habe ich im Lauf der Jahrzehnte gestutzt, aber die Sehnsucht ist geblieben, die Nostalgia nach der Leichtigkeit des Südens, dem azurblauen Meer, den raspelnden Palmen, farbsprühender Bougainvillea an alten Mauern. Den freundlichen Menschen mit dem bezaubernden Temperament, das uns sture Norddeutsche so wohltuend aufschließt.

Also, was wollte ich sagen? Ach ja, richtig, ich wollte meinen ganz persönlichen Beitrag für die Festigung des deutsch-italienischen Friedens leisten. Mit der rosa Schärpe. Mit den ausnahmslos zauberhaften Erinnerungen an italienische Tage und Nächte. Viva l'amicizia! Es lebe die Freundschaft, von mir aus auch eingehüllt in rosa Schleifen mit Golddruck.

Psst, psst, psst, ein Gerücht läuft heiß

Sind Sie auch schon einmal Opfer eines Gerüchts geworden? Hat man Sie schon mal auf die Titelseite einer hausgemachten Klatschgazette befördert?

Gerade hat mich entsetzt eine Freundin angerufen, der zu Ohren gekommen ist, dass sie »in Scheidung« lebe. Man habe ihren Gatten einsam zu zweit strandspazieren gehen sehen, eine attraktive Dame an seiner Seite, toll herausgeputzt, Mannequinfigur, eine Erscheinung! Was das wohl nur bedeuten könne, ja aussagen müsse! Das könne doch nur zu der Schlussfolgerung verleiten, dass die beiden etwas miteinander hätten. Im Übrigen sei die Sache rum in der Stadt. Sie sei ja überhaupt nicht aufs Klatschen aus, hatte die Freundin sich als Unschuldsengel erklärt, aber diesen Rat müsse sie unbedingt weitergeben: Man müsse sich sofort von dem Kerl trennen. Dass sie sich nur ja nicht übers Ohr hauen lassen solle, hatte die Gute der Freundin empfohlen, die Stimme auf Mitleid getunt. Ach, sie, die Ärmste! Aber sie könne sich darauf verlassen, des hohen Wertes der Freundschaft sicher zu sein, die Freundin werde zu ihr halten, egal, was komme. Ein

Frauenbündnis. Wie der Rütli-Schwur beim Wilhelm Tell: Wir wollen sein ein einig Volk von Brüdern ... Das Schlimmste an diesem Gerücht sei nicht die Tatsache, dass es sich als Spuk aufgelöst habe, dass der Ehemann mit seiner zu Besuch weilenden Schwester strandspazieren gegangen sei, erzählte mir die Freundin am Telefon, das Schlimmste sei, dass die geschwätzige Freundin, selbst geschieden und von daher das Weltbild boshaft auf Männer fokussiert, sich die Bemerkung nicht habe verkneifen können, dass sie diesen Mann, den Strandspaziergänger mit der Neigung zum Ehebruch, schon immer keines Schusses Pulver wert befunden habe, und schnellstmögliche Trennung empfahl.

Was soll man dazu sagen, liebe Freundin, lieber Freund?

Warum laben sich Menschen so gern an Gerüchten, möchte man fragen. Ist es nun das Gefühl, dass die Auseinandersetzung mit fremden »Schandtaten« das eigene Ego leichter und frei macht nach dem Motto: Je schlechter die Welt um mich herum, desto beschwingter wachsen mir Engelsflügel? Ist es, und das wäre wohl das Verwerflichste an der verbalen Würzung von Gerüchten, vielleicht gar Schadenfreude?

Ein Sprichwort sagt, dass jeder selbst genügend Dreck finde, wenn er bereit sei, einmal unter seine eigene Fußmatte zu schauen. Ein anderes, dass es überhaupt keinen Schmutz in dieser Welt gäbe, wenn jeder die Reinlichkeit vor seiner eigenen Tür pflegte. Aber das ist nicht der Stoff, von dem die Tratschsucht lebt. Gerüchte lechzen nach denen, die ihnen Wanderschuhe verpassen, sie zum Laufen bringen, egal, wie viel Wahrheit oder Fantasie damit auf den Weg gebracht wird. Und es gibt anscheinend immer wieder genügend Zeitgenossen, die ihnen die Sohlen heiß machen, ihre Fantasie und Fabulierkunst an dem zugeflüsterten Ungemach anderer erproben und eine Botschaft wie das Spiel bei der stillen Post völlig wahrheitsentfremdet ans Ziel bringen.

Da fragt man sich manchmal, wie nah wir Menschen des aufgeklärten Zeitalters noch mit dem Mittelalter verwandt sind, als die Inquisition auf ein Gerücht hin Hexen folterte und zu Wasser brachte, weil sie aufgrund nachbarschaftlicher Intrigen zur Anzeige gebracht worden waren, mit dem Teufel getanzt oder das Vieh verhext haben sollten. Die Urteilsfinder der Neuzeit begnügen sich mit verbaler Verbannung, wenngleich die Ähnlichkeit mit den Gesetzen von 1560 nicht von der Hand zu weisen ist. Vielleicht darf man gar behaupten, dass der Mensch der einfachen Struktur auf Boshaftigkeit und Schadenfreude aus ist?

Und dabei ist es so einfach, eine Stufe höher zu steigen, sich boshafter Gerüchteverbreitung zu verwehren, indem man sich eigene Mängel und Schwächen ins Gedächtnis ruft. Wie wohltuend ist es, manchmal jemanden anzutreffen, der abwehrend beteuert, dass er sich an der Weitergabe von Gerüchten nicht beteilige. Nicht immer sind es nur die, die selbst schon Hammerschläge des Schicksals einstecken mussten und um die Wirkung wissen, mit denen andere gerüchteschmiedend Schmerzen vertiefen. Oft sind es auch solche, die im Missgeschick des Anderen, egal, wie es ihn getroffen hat, eine Spur von Tragik erkennen und dies mit eigenem Mitgefühl achten.

Ich bin sicher, liebe Freundin, lieber Freund, dass Sie es besser machen in der Be- und Verurteilung von Herrn X oder Frau Y, die man auf dem Tratschkarussell gerade wieder einmal kräftig in Schwung bringt. Halten Sie und ich uns die Hand vor den Mund, wenn es um üble Nachrede geht, und beobachten wir einmal, wie breitflächig das Leben seine Hiebe verteilt. Hören Sie einmal genau hin, psst, psst, psst … Frau H., die vorgestern noch gerüchtesüchtig den vermuteten Blumenkohlklau von Frau F. auf dem Wochenmarkt zum heißen Thema gemacht hat, dieser armen Frau H. sagt man heute nach, dass sie auf dem letzten Feuerwehrfest nackt in den Dorfteich gesprungen sein soll, weil ihr bei der Polka mit Herrn S. so heiß geworden ist. Psst, psst, psst …, das ist bestimmt ein Gerücht. Aber Sie und ich könnten ja daran einmal üben, wie wir damit umgehen sollten.

»Sitz!« – Von der Beobachtung eines Erziehungskünstlers

Schauen Sie doch bitte einmal dort hinüber. Nun sehen Sie sich das an! Wen oder was ich meine? Na, den jungen Spund in der Holstenstraße, Kiel, den dort auf der Bank. Mitten in der Fußgängerzone. So ist's richtig, in der Sonne sitzen und nichts tun, das ist Lebenskunst.

Irokesenfrisur, Springerstiefel, schwarzes Mucki-Shirt mit Totenkopfaufdruck. Reicht die Beschreibung? Fasziniert mich irgendwie, der Typ. Hat einen Schäferhund dabei. Wenn Sie mit mir ein paar Minuten hier stehen bleiben und die Szene beobachten, so was liegt *mir* ungemein, müssen Sie wissen, also wenn Sie mit mir hier ..., dann werden Sie mal erleben, was die junge Generation dieser Couleur und Ausstattung so drauf hat an pädagogischen Erziehungsmaßnahmen.

Sie lachen mich aus? Tun Sie das, tun Sie das. Ihnen wird gleich das Lachen vergehen. Es ist nämlich nicht das erste Mal, dass ich mich an solchen Szenen – ergötzen kann ich leider nicht sagen, umschreiben wir's mal so –, dass ich mich echauffiere. Verhaltensstudium auf offener Straße, da ist was drin, da ist was dran. Da könnten die Studenten der soziologischen Fakultät vom nahen Campus Semesterpunkte sammeln.

Nun schau'n Sie sich das an, wie der junge Kerl das Tier malträtiert. Sehen Sie's? Einen Fußtritt, soll aufstehen, der träge dahindösende Köter. Wieso er, verflixt noch mal, nicht auf der Stelle gehorchen kann, hm? Der Rüpel mit dem Totenkopf-Shirt wird böse. *Böse!* Der Hahnenkamm auf dem Rotschopf wächst ein Stück. Er kann's auch anders haben, dieser da zu seinen Füßen.

Eins mit der Leine über das Fell, das zieht hin. Damit er's kapiert, ja? Der Lederriemen holt aus. Da hat er's. Man gehorcht, wenn man etwas gesagt kriegt, und zwar spontan, ist das jetzt gebongt?

Hören Sie, wie das arme Tier jault? Die geschundene Kreatur. Ausgeliefert einem Rohling, der sich am Machtgefühl berauscht. Da kribbelt's bei einigen in den Lenden.

Sehen Sie, wie der arme Hund vor seinem Gebieter kriecht? Hören Sie das Winseln? Legt sich seinem Peiniger vor die Füße, um Verzeihung bittend. Und wehe, er leistet es sich noch einmal, dass er nicht prompt pariert. Dann setzt es noch eins drauf, die Leine weiß, wo es wehtut, du böser, böser Hund!

Ein Schluck Bier aus der Dose. Und die Kippe in den

Blumenkübel nebenan. Jetzt ist die Pizza dran. Hahaha, der Kumpel hat 'nen dollen Witz gerissen. »Ruhe, du Töle, hier wird nicht gewimmert!« Der Hund hat gewagt, die aufgesprungene Fröhlichkeit mitzufeiern, halb aufgestanden, das Tier, Angst im Blick, aber wenn das Herrchen so scheppernd lacht, dann darf man sich vielleicht ein wenig zu rühren wagen.

»Sitz!« Der Menschenfuß holt wieder aus. Dass der Köter nicht parieren kann!

Das Tier drückt sich aufs Pflaster. Winselnd blickt es seinen Meister an. Der hat Lust auf Dressur. Siehst du das Stück Wurst von meiner Pizza? Hahaha, nix da, ist nicht für dich. Der Hund bleibt in Deckung. Nicht noch einmal den Springerstiefel in den Flanken spüren. Aber die Wurst. Er leckt sich das Maul, da läuft einem doch das Wasser im Mund zusammen.

»Nein! Ist für mich!«, droht der Irokese und stopft sich die Salamischeibe zwischen die Zähne. »Und wenn du es nicht begreifst, du, dann gieße ich dir einen Schluck Bier ins Fell.« Hahaha, das macht Stimmung, das sorgt für Laune bei den Kumpels, die hier auf ihrem Stammplatz sitzen, mittags um zwölf, vor den Geschäften, wo die flotten Torten vorbeiflanieren.

Das Tier leckt sich das Bier vom Fell. »Langweilst dich, he? Dann führe ich den anderen jetzt mal unseren Dressurakt vor. Also: Auf! Gut pariert. Sitz! Auch das klappt ja ganz ordentlich. Und nun hol das Stöckchen, zehn Meter schaffst du.« Etwas Sperriges aus den Blumenrabatten fliegt durch die Luft, die Holstenstraße hinunter. Wird apportiert, dem Herrchen vor die Füße gelegt. Aber da ist es nicht richtig platziert. »Vor Lothars Füße habe ich gesagt, du Dummkopf!« Die Leine schlägt wieder zu, peitscht über den Hunderücken, zwei-, dreimal. Gehorsamkeit ist oberstes Gebot, begreift das nicht mal ein dummer Hund?

Schauen Sie, liebe Freundin, lieber Freund, wie auf meinen Armen eine Gänsehaut wächst? Spüren Sie, wie die Wut mich mobil macht, ich solle mich einmischen? Halten Sie mich zurück, bitte, ich greife da ein, ich kenne mich, ich hab's schon einmal getan.

Fragen Sie doch nicht so überflüssig, mit welchem Erfolg! Sie wissen es doch!

Weshalb ich immer wieder an solchen Ecken stehe und Szenen beobachte, fragen Sie? Ja, fragen Sie mich das, ich weiß darauf keine Antwort. Oder doch? Ich sage Ihnen dies: Ich bin paralysiert von überraschendem Entsetzen, so einem kalten Guss von oben herunter. Es schaudert mich bei den soziologischen Studien solcher Typen, die selbst durch jedes Raster einer Erziehung geschlüpft sind, die bei Schwächeren jedoch Höchstmaße an Disziplin und Gehorsam anlegen. Das ist rätselhaft. Wird da etwas weitergegeben aus eigener Lebenserfahrung, wird da krankhaft Macht ausgeübt, gar Sadismus praktiziert?

Kommen Sie, liebe Freundin, lieber Freund, wir gehen mal auf die Typen zu, die hier am helllichten Tag mitten in der Großstadt dem lieben Gott den Tag stehlen und Kreaturen quälen. Nein, nein, das ist kein Einzelfall, kommen Sie mir nicht damit, stellen Sie sich nicht blind vor der Zeit. Ich sehe diese Bilder überall, wo die Typen – wie nennen sie es doch gleich? –, wo sie abhängen.

Sie passen? Sie wollen nicht mitgehen? Geht Sie nichts an? Dann lassen Sie mich das mal alleine machen. Heute platzt mir der Kragen. Ich nehme mir den Burschen vor. Ich werde ihm mit dem Tierschutzgesetz kommen, mit einer Anzeige werde ich ihm drohen. Ich bin außer mir vor Wut.

Was sagen Sie? Ich solle mich umdrehen, einmal hinübergucken, die sind schon weg?

Schade. Wirklich jammerschade. Ich wäre in der richtigen Stimmung gewesen. – Aber nächstes Mal, das schwöre ich, nächstes Mal gehe ich dazwischen. So etwas Unerhörtes. Wer selbst nicht erzogen ist, pocht auf unbedingten Gehorsam. Man müsste … man müsste …

O weh, es brennt in Kanada!

Seltsam, wie das Leben manchmal Regie führt. Vor einigen Tagen hat es von mir gefordert, ich solle eine alte Freundschaft wiederbeleben. Eine Freundschaft, die sich zwar noch in Adressbüchern, Telefonlisten und im Geburtstagskalender lebendig hält, ansonsten …

Nun, Sie kennen das sicher. Diese und jene Person geraten ein wenig in Vergessenheit, die Zeit ist drüber hingegangen, wie man so schön sagt, die Wege haben sich getrennt. In diesem Fall liegen rund zwölftausend Kilometer dazwischen, über die man aus Kostengründen nicht allzu oft eine Telefonbrücke spannt. Eine Freundschaft, die sich mit ihren Aktivitäten auf Sparflamme hält, sich reduziert auf Weihnachtsgrüße und Geburtstagsglückwünsche.

Apropos – Andreas feiert am 6. Dezember, am Nikolaustag, sein Wiegenfest, und da rufen wir jedes Mal an, ist doch klar. Vorsorglich rechnen wir nach, ob es mit der Zeit passt, denn wenn es hier bei uns beispielsweise zwölf Uhr ist, könnte das Geburtstagskind im fernen Kanada noch in den Federn liegen. Was heißt: könnte. Niemand wird, selbst wenn er Geburtstag hat, morgens um vier aufstehen und auf Glückwünsche aus Old Germany warten.

Andreas freut sich jedes Jahr, wenn wir anrufen, und seine Elke jubelt mit. Ein bisschen Heimweh klingt immer durch. Wir reden von alten Zeiten, als wir alle gemeinsam noch Zeitungsseiten fabrizierten, und zum Schluss wiederholt Andreas in Erinnerung an seinen letzten Deutschlandaufenthalt: »No, no, da zieht's uns nicht mehr hin. Diese Hektik in den Städten, die ist ja entsetzlich, da sitzt ja einer auf dem anderen!« Schon oft hat er uns eingeladen, in Kanada, dem Land der immer noch unbegrenzten Möglichkeiten, die große Freiheit und Unabhängigkeit zu erleben. Er wohnt auf Vancouver Island an der Westküste und pflegt seinen Ruhestand.

Wir wissen, dass es Andreas und Elke in Victoria gut geht. Die Rente fliegt von Deutschland ein, alle paar Jahre starten die beiden Wahlkanadier in die alte Heimat, wo künstliche Hüftgelenke und Zahnersatz günstiger zu haben sind als im Land mit dem Ahornblatt und dem andersartigen sozialen Netz, und wir werden dann manchmal ein wenig sarkastisch und flüstern uns zu: »Na, so golden scheint es da drüben ja doch nicht auszusehen.« Aber das ist, wir wissen es, auf dem Konto leichter Boshaftigkeit zu verbuchen, und wir radieren es rasch wieder aus.

Richtig, ich wollte erzählen, wie ich die Freundschaft mit Andreas und Elke vor Tagen neu zu beleben versuchte. Im Fernsehen hörten wir von verheerenden Waldbränden in British Columbia, wo Andreas und Elke sich ein Holzhaus gebaut haben. Wie oft haben sie uns von Waldrodungen erzählt, von harter Knochenarbeit der Einwanderer, die sich ihren Weg im wahrsten Sinne des Wortes in die neue Heimat gebahnt haben. Und irgendwann dann dieses prächtige Haus. Hin und wieder ein Bär zu Besuch. Und internationale Nachbarn, die sich nicht so eng auf die Pelle rücken wie hierzulande und angeblich ein viel bekömmlicheres Weltbild haben.

Wahre Freundschaft sorgt sich um das Wohlergehen des anderen. Andreas und Elke in Gefahr? Wir handelten, als hätte uns eine geheime Stimme befohlen, Hilfe zu signalisieren, wählten die dreizehnstellige Nummer einmal, zweimal, immer wieder, drei Tage lang. Ein Anrufbeantworter bat uns, eine Nachricht zu hinterlassen. »Wie geht's euch?!«, riefen wir und hörten in Gedanken prasselndes Feuer und Sirenengeheul. »Bitte meldet euch!«

Weshalb ich Ihnen diese Geschichte erzähle, liebe Freundin, lieber Freund? Damit Sie wieder einmal mehr an die kleinen Wunder einer Freundschaft glauben, an die tiefere Bedeutung der Zusammengehörigkeit einander sympathisierender Menschen. Gestern nämlich standen Andreas und Elke bei uns vor der Haustür. Weiß der Himmel, welche telepathischen Impulse sie zu uns getrieben, welche Gefühls- und Stimmungswerte sich da behauptet haben.

»Hallo«, sagten sie, »wir sind zu Besuch in der alten Heimat und wollten doch nicht versäumen, euch Guten Tag zu sagen.«

Wir haben sie förmlich zu uns hereingezogen ins Haus. Als züngelten die Flammen der brennenden kanadischen Wälder hinter ihnen, als gälte es, sie vor Unheil zu bewahren. Wir erzählten von den vergeblichen Kontaktversuchen. Und wir staunten. Was hatte sich das Schicksal da ausgedacht?

Eine herzliche Umarmung, ein tiefes Durchatmen. Und stundenlange Plauderei am Kaffeetisch.

Elke und Andreas sind heute zurückgeflogen in ihre kanadische Wahlheimat an der Pazifikküste. Morgen werden sie den Anrufbeantworter abhören und unseren besorgten Stimmen lauschen. Bei ihrem Abschied in der alten Heimat haben sie gestern gelächelt und den Wert wahrer Freundschaft beschworen. Die Sorge des einen um den anderen. Ein hübsches Geschenk, das sie dankbar mit über den Ozean nehmen, haben sie gesagt und uns zum wiederholten Mal beschworen, sie endlich zu besuchen.

Wir haben tief geseufzt und wie jedes Mal »Mal sehen« gesagt. Weil wir doch Flugangsthasen sind! Und von daher Meister in der Ausrede. »Bei euch brennen ja die Wälder«, haben wir uns diesmal gedrückt. Aber Elke und Andreas haben versichert, dass sie das dann schon abzuwehren wüssten. Aus echter und ehrlicher Freundschaft, versteht sich.

Nie mehr Hirschgulasch!

Haben Sie auch eine Abneigung gegen bestimmte Wörter und ihre Autorität, die sich mit vernünftigem Denken nicht erklären lässt?

Oder vielleicht doch? Graben Sie einmal in Ihrer Erinnerung, wer oder was der Anlass dafür gewesen sein mag, dass Sie dieses oder jenes Wort partout nicht mehr hören mögen, weil sich ein Erlebnis damit verknüpft, das Ihre Empfindungen umprogrammiert, Ihnen die Lust am Umgang mit eben diesem Wort ein für alle Mal verdorben hat.

Ich könnte Ihnen jetzt witzig kommen und darauf tippen, dass Sie vielleicht die Silben des Wortes Achterbahn für immer aus Ihrem Gedächtnis streichen möchten, weil Ihnen letztens auf dem Hamburger Dom so unbeschreiblich übel geworden ist, ich könnte vermuten, dass Sie sich mit aller Macht gegen die Benutzung der Vokabel Koloskopie stemmen, weil die letzte Darmspiegelung Ihnen in schmerzhafter Erinnerung ist. Oder ich könnte Ihnen den entrüsteten Zuruf zu entlocken versuchen: »Hör bloß damit auf!«, indem ich Ihnen den Namen Ihrer letzten großen, gescheiterten Liebe in den Gehörgang puste. Vielleicht reize ich Sie auch schlicht und ergreifend mit dem Wort Käse, weil sie für dieses Nahrungsmittel absolut keine Antenne haben. Sei's drum. Ich wollte Ihnen eigentlich erzählen, was mir ein für alle Mal den Appetit auf ein Wort verdorben hat. Nicht nur auf ein Wort, sondern auf alles, was sich damit verbindet. Nein, ich werde ab sofort nie und nirgends mehr HIRSCHGULASCH verzehren, weil ich im letzten Urlaub – Wälder, Berge, Spätzle und andere Spezialitäten – dieses Erlebnis verdauen musste:

Sitze ich da in familiärer Begleitung im Gasthaus »Waldruh« und warte mit knurrendem Magen auf das Essen, das wir gerade geordert haben. Einmal Bachforelle, Lasagne für den Jüngstverwandten und für mich die Spezialität vom Waldbewohner, dessen Verwandte ich gestern noch im Wildgehege gefüttert habe. Die Kellnerin, ein unglaubliches Talent im gastronomischen Gewerbe, das wieselflink von Tisch zu Tisch huscht und auch nach Stunden noch freundlich bleibt und knickst und dankt, viel zu oft im Vergleich zu den sturen Nordlichtern, die Kellnerin ist mir schon gestern aufgefallen, weil sie – Freundlichkeit hin, danke sagen her – dieses sagenhaft starke Obergebiss mit einer Lücke darin hat, das bei jedem Lächeln, und sie lächelt oft, freigelegt wird wie die Tastatur eines defekten

Klaviers, bei dem zwischen C und E eine Taste fehlt. Setzen Sie jetzt nicht voreilig darauf, dass ich das Wort Zahnarzt ins Spiel bringen will. Nein, es ging ganz und gar anders herum.

Am Nebentisch saß ein kränkelnder Gast. Bereits nach kurzem Blickkontakt war mir klar: Dem älteren Herrn geht's nicht gut, mit dem stimmt etwas nicht. Kurzatmigkeit, fahle Blässe, Schweißperlen. Und tatsächlich, in dieser Minute kippt er zur Seite, wird gestützt, beklopft, gestreichelt, beruhigt. Das ganze Repertoire erster Hilfeleistung seitens der Begleitpersonen.

Die umsitzenden Gäste rutschen unruhig auf den Stühlen hin und her. Mitgefühl, Hilfsbereitschaft, ein bisschen auch: Lieber weggucken, ist dem kranken Herrn vielleicht peinlich, das kollektive Glotzen auf die Not.

Ausgerechnet da nähert sich mir das wieselflinke Bedienungsjuwel, streicht mit den Händen wieselflink über die Tischkante und fragt mich wieselflink, völlig unberührt von der Szene am Nachbartisch, mit entblößtem Oberkiefer – Klaviertasten mit Lücke: »Und was war es noch für Sie? HIRSCHGULASCH?« Ein feuchter Sprühregen trifft mich wie eine Waffe.

Nun ist an dem Wort Hirschgulasch ja weiß Gott nichts Besonderes, es mag ein wenig zischen von den Konsonanten her, ein wenig. Aber aus diesem Mund, mit dieser Lücke, die Zischlaute ungehindert ins Freie entlassen, aus diesem Mund klang mir das Hirschgulasch wie etwas, das von diesem Augenblick an für alle Zeit abzulehnen war! Nie wieder Hirsch, nie wieder Gulasch, und schon gar nicht mehr Hirschgulasch! Erst recht nicht mehr, weil es mich jetzt für alle Zeit an diese Szene erinnern wird: Nebenan kollabiert ein Altmensch, und das junge Wiesel aus dem Servierbereich fragt mich wie eine zischende Natter, deren Klaviertasten nicht mehr stimmen, ob sie mir Hirschgulasch servieren darf. Ich bin sensibel!

Das Gewürfelte aus dem Hirschhinterteil, angemacht mit Rotweinsauce, und die Spätzle habe ich hinuntergewürgt und dann eilig das Lokal verlassen. Dem alten Herrn ging es mittlerweile wieder besser, die Serviererin wieselte um die Tische herum, aus den Musikboxen wimmerte Julio Iglesias und am Tresen wurde Bier gezapft. Ich jedoch stolperte hinaus, über die Straße, hin zum Parkplatz, um mich ins Auto zu retten. Nie wieder Hirschgulasch! Nie wieder auch nur Annäherung an dieses Wort! Das schwöre ich.

Hilfe, wo ist mein Auto?!

Peinlich war das, außerordentlich peinlich. Mache ich mich da an dem fremden Auto zu schaffen und lasse mich ertappen wie eine, die auf Fahrzeugklau aus ist.

Sehe ich denn aus wie Krisztof aus Warszawa oder Pjotr aus Nowosibirsk? Trage ich das Kastenzeichen einer Autoschieberbande?

Zugegeben, meine Frisur war hin vom Bad im Meer, die Kleidung, strandzerknautscht, vielleicht eine Spur zu lässig. Und auch meine Füße schlurften feierabendmüde ruhigen Stunden entgegen. Aber Carjacking? Ich? Ich doch nicht! Ich wage es nicht einmal, eine Pflaume vom Baum zu pflücken, der mir nicht gehört.

Also, mein Herr, ich habe da nicht in böser Absicht an Ihrem Auto herumgemacht, glauben Sie es mir bitte, ich habe mich geirrt. Verirrt. Nehmen Sie es, wie Sie's wollen. Warum gucken Sie mich so an? Ich bin nicht geistig verwirrt, ich … ach, rutschen Sie mir doch. Ich verzichte auf weitere Konversation mit Ihnen. Und auch Ihr grinsendes Lächeln können Sie sich sparen.

Vielleicht sind *Sie* ein ganz Unbescholtener, was? Ihnen ist es wohl noch nie passiert, dass Sie sich bei irgendwas irren. Wissen Sie was? Ich schleiche jetzt von dannen. Ich tue einfach so, als wären Sie gar nicht vorhanden. Und im Übrigen: *Da* steht *mein* Auto. Und das schließe ich jetzt auf. Damit Sie sehen, dass ich nicht darauf aus war, mir eines zu stehlen, schon gar nicht Ihres, das meinem so ähnlich sieht. Warum also hätte ich wohl ausgerechnet Ihres aussuchen sollen? Ich empfehle mich, ich sehe Sie hoffentlich nie wieder.

Peinlich war es, außerordentlich peinlich, was mir da gestern am Burger Südstrand passiert ist. Warum musste der Typ auch ausgerechnet seine Zwillingskarosse eine Reihe vor mir parken!

Ich wette, dass sich mein Unterbewusstsein jetzt wieder die kuriosen Bilder wachruft, die aus Mailand, Luzern, Kopenhagen, Kiel und andernorts, wo ich meine hässlichsten Triumphe als Autosucherin gefeiert habe. In Parkhäusern und an Straßenrändern mit rasendem Puls die Flächen abgesucht und nichts gefunden außer Halluzinationen, weil ich eine Schwäche habe: Vor lauter Glücksgefühl, endlich eine Parklücke gefunden zu haben, steige ich aus und flüchte, ohne mir im Kopf einen geografischen Lageplan mit Hinweisen anzulegen, wo OH – WO nun rastet.

Mein Problem ist neben parkflächenbezogener Merkunfähigkeit einfach das, dass es zu viele Autos auf dieser Welt gibt. Dass ich nicht wie ein Mitglied vom Corps diplomatique parken darf, wo ich die Erinnerung an mein abgestelltes Fahrzeug ganz bestimmt nicht verlöre: zum Beispiel vor dem Hamburger Rathaus, neben der Kleinen Meerjungfrau am Öresund, in der Hohlen Gasse von Küssnacht oder auf dem Trottoir vor dem Berliner KaDeWe. Bestenfalls finde ich OH – WO noch auf dem Dach von Karstadt-Kiel wieder, wo ich mich im Neunzig-Grad-Winkel zur Kirchturmspitze von Sankt Katharinen orientiere.

Ich möchte mir und meinen schwankenden Blutdruckwerten endlich diesen gemeinen Stress ersparen, mit dem ich nach Beendigung eines Großstadttrips oder neuerdings, wie eingangs beschrieben, auch schon eines simplen Strandbesuches im engsten Heimatraum zu kämpfen habe, um mein Auto wiederzufinden. Während man im Ausland noch mit Nachsicht rechnen darf, weil die Buchstaben OH auf dem Nummernschild möglicherweise deutschfreundlich mit ohne Hirn übersetzt werden, will und muss ich mir jetzt ein anderes Ding überlegen, um die Festplatte meines Erinnerungsvermögens neu zu speichern. Ich werde Lagepläne anlegen. Falls ein Mitglied meiner Familie, die natürlich all die kleinen Storys um meine

Parkplatzamnesien kennt und gehörig am Schrumpfprozess meines Selbstvertrauens mitgewirkt hat, falls ein Mitglied meiner Familie also demnächst Zettel bei mir im Handschuhfach findet mit Ki-Karst. 2. Reihe westlich von Kronprinzessin Viktoria oder HL-Petrikirche 2. Geschoss Nummer 64, möglich wäre auch Petersdorf Dorfteich, fünf Meter westlich des Entenhauses, dann handelt es sich hierbei um weiter nichts als eine Gedächtnisstütze, die mir helfen soll, mein Auto wiederzufinden.

Ich kann und will einfach nicht noch einmal so etwas erleben, dass ich rasend vor Furcht, meine rollenden vier Räder nicht wiederzufinden, vier Etagen eines Parkhauses absuche, durch die Straßen einer fremden Stadt hetze oder gar am Schloss eines fremden Fahrzeugs herumfingere, und das alles wegen dieser verflixten Merkunfähigkeit.

Vielleicht, wenn ich technisch ein wenig begabter wäre, könnte ich auch so etwas Ähnliches erfinden wie das Navigationssystem, eine Erweiterung dessen sozusagen. Das würde mir dann auf ein fragendes Funkzeichen hin freundlich zurufen: Hier bin ich! Neunzig Kilometer westlich von zu Hause, Landeshauptstadt, Bismarckstraße 53, rechter Fahrbahnrand. OH – WO man da zu suchen hätte, wüsste dann selbst ein so talentloser Parkplatzkolumbus wie ich.

Umgewöhnung ausgeschlossen

Darf ich Sie einmal fragen, wie Ihr heutiger Tagesablauf ausgesehen hat? Sicher sind Sie wie gewohnt um halb sieben Uhr aufgestanden, haben gewohnheitsgemäß Ihren Kaffee getrunken, die Zeitung überflogen und dreimal nachgeschaut, ob alles Elektrische ausgeschaltet gewesen ist, bevor Sie wie immer in Hektik das Haus verlassen haben.

Ich könnte Ihr täglich abspulendes Programm zwischen Montag und Sonntag ja noch weiter abzufragen versuchen, um Ihnen abschließend vorzuhalten, dass Sie ein regelrechter Gewohnheitsmensch sind. Weil sich bei Ihnen durchweg alles wiederholt, was Sie gestern, vorgestern und all die Tage davor getan haben. Aber Sie wissen ja selbst, worüber Sie sich manchmal ärgern.

Wie man denn wohl bloß auf solche Gedanken kommt, fragen Sie jetzt? Das will ich Ihnen gern erklären. Ich habe mich gerade dabei ertappt, wie sehr ich als Alltagsmensch in Gewohnheiten verstrickt bin, und ich seufze tief und werfe mir vor: So geht das eigentlich nicht weiter, Mädchen, dass du dich ins Joch der immer wieder gleich ablaufenden Tage einspannen lässt, dass du wie ein Uhrwerk tickst und dir dabei kostbare Zeit durch die Finger rieselt, auf Nimmerwiedersehen!

Ich verdanke die Einsicht, dass ich von nun an die Zeit mit mehr Bewusstsein einteilen und verbrauchen sollte, dem Umstand, dass ich wegen einer kleinen Verletzung am linken Handgelenk meine Armbanduhr rechtsseitig tragen muss. Das reißt mich aus meiner Gewohnheit, das quält mich, stört mich, nervt mich. Es bringt mir mein ganzes inneres Gleichgewicht durcheinander, dass ich mit Blick nach rechts die Stunden und Minuten ablesen muss, wo ich sie bisher ganz und gar nicht vermutet habe. Umgewöhnung, so stelle ich fest, ist ausgeschlossen.

Ja, bin ich denn noch bei Trost? Wie weit ist es mit mir gekommen, dass ich völlig belanglosen Dingen, Zwergproblemen, submikroskopisch bedeutungslosem Kleinkram, untergeordneten Banalitäten erlaube, eine Gipfelkonferenz meiner Gefühlszustände einzuberufen?

Genervt streife ich das Gliederarmband vom Handgelenk. Es hat auf der rechten Seite nichts zu suchen, es bringt mich aus dem Takt, ich kann mich zeitablesend nicht auf der rechten Seite orientieren, wenn ich ein Leben lang daran gewöhnt bin, sie entgegengesetzt abzuäugen.

Es steht fest: Dies ist die Stunde null, in der ich einmal mein Leben überdenken sollte. Ein kleiner Querschläger der Geschicke mitten im Alltag, und ich bin erledigt. Was sagen wohl die Psychoanalytiker dazu?

Was fällt *Ihnen* dazu ein, liebe Leserin, lieber Leser?

Ich wette, Sie schütteln verständnislos den Kopf und schauen linksseitig auf Ihr Handgelenk, um zu prüfen, ob Sie – mit Wechselblick nach rechts – auch Schwierigkeiten erkennen beim Ablassen von vertrauten Gewohnheiten.

Ich suche derweil einmal nach einem Ausweg aus der Misere und vertiefe mich in die Frage: Wie und wo trägt man seine Zeit? Ein bisschen Philosophie ist ja immer gut, wenn man im Klammergriff alltäglicher Banalitäten zu verkümmern droht. Also, wo trägt man sie? Links am Arm, rechts, in der Hosentasche, um den Hals? An der Kette in der Taille, am Fußgelenk oder im Knopf am Ohr? Das hilft mir auch nicht weiter. Ich muss heraus aus eingefleischten Gewohnheiten, das ist es! Ich muss Neues suchen und wagen. Vielleicht klopfe ich einmal bei Hermann Hesse an und lasse mich mahnend überzeugen:

Kaum sind wir heimisch einem Lebenskreise,
und traulich eingewöhnt,
so droht Erschlaffen.
Nur wer bereit zu Aufbruch ist und Reise,
mag lähmender Gewöhnung sich entraffen.

Das ist es – ich muss heraus aus der Gefahr des Erschlaffens, ich bin zu heimisch einem Lebenskreise! Mit der Armbanduhr am linken Handgelenk, dem Tick, Punkt halb sieben aufzustehen, den Kaffee im Stehen zu trinken, die Zeitung rückwärts zu lesen und dreimal nach den Herdknöpfen zu sehen, bevor ich in Hektik das Haus verlasse.

Ab sofort werde ich der Gleichförmigkeit meiner Tage, den eingefleischten Gewohnheiten, die mir hier und da zur Plage werden, den Kampf ansagen. Ich werde, vorerst einmal symbolisch, weil der Urlaub noch nicht dran ist, aufbrechen zur Reise in ein anderes Denken und Handeln. Damit ich lähmender Gewöhnung entrafft werde!

Über meinen neuen Lebensstil, der ab morgen in Kraft treten soll, informiere ich natürlich zuallererst meine Familie. Die muss im Bilde sein, bevor ihr demnächst ein völlig überholter Mensch mit kosmopolitischer Weltanschauung ohne jeden Hauch provinzlerischer Verkrampfung gegenübersteht.

… Hat sich da jemand mokiert? – So etwas Kleinkariertes überhöre ich auf meinem Trip in die neue vergeistigte Zukunft, so etwas, dass ich nach dem Gefühl der Veränderung beim Montieren der Armbanduhr von links nach rechts doch einmal den Wechsel der Schuhe vom linken auf den rechen Fuß versuchen solle. Was so etwas erst bewirken würde, meint meine Familie, die nichts begriffen hat. Ich antworte mit einem weisen Lächeln und einem Spruch von Heinrich Heine:

Ich bin's gewöhnt, den Kopf recht hoch zu tragen.

Mit Poesie von großen Geistern setzt man Geschwätz immer wirkungsvoll außer Kraft.

Bin ich damit nun etwa rückfällig geworden und habe die Gewohnheit wieder ins Spiel gebracht?

Ich vermute, ich bin doch ein unverbesserliches Gewohnheitstier, und warte lieber, bis das linke Handgelenkt verheilt und alles wieder beim Alten ist, bevor ich dann irgendwann einen neuen Aufbruch wage.

Guter Vorsatz: ein Quäntchen Schwerhörigkeit

Haben Sie sich zum Jahreswechsel auch so eine schöne gerade Richtschnur für die nächsten 365 Tage gespannt, an der Sie sich 2003 entlanghangeln wollen? Ein neues Jahr fordert uns doch heraus, alte Gewohnheiten zu überprüfen zugunsten neuer guter Vorsätze, die allerdings – das habe ich gerade in einer Boulevardzeitung gelesen – bei den meisten nicht länger als 24 Stunden überleben.

Vielleicht haben Sie sich eine Brücke gebaut hin zu den guten Vorsätzen, von denen Sie schon lange träumen und deren Verwirklichung Ihnen bisher nicht gelungen ist? Manchmal kommen einem da ganz simple Alltagssituationen zu Hilfe, wenn man an neuen Zielsetzungen arbeitet. Mir hat in der Silvesternacht mein vierbeiniger Hausgenosse geholfen, endlich von den Hektik produzierenden Zuständen um mich herum auf Distanz zu gehen. Und diesen guten Vorsatz will ich durch das Jahr 2005 hindurch nun pflegen.

Ich muss da wohl zu einer ausführlicheren Erklärung ansetzen, damit Sie sich nicht in die Produktionsstätte einer fantasierenden Schriftstellerin versetzt fühlen, die auf die Entstehung einer Fabel aus ist.

In meinem Haushalt habe ich es mit zwei Angehörigen zu tun – zwei- und vierbeinig –, deren Tun und Treiben meine Aufmerksamkeit ganz besonders beansprucht. Der Homo sapiens ist ein Nachrichtenfreak, den wir laut Duden als einen für eine Sache fanatisch Begeisterten einstufen dürfen, soll heißen, dass das Konsumieren von Nachrichten seinen Tagesablauf bestimmt. Die Gier nach neuer Kunde aus aller Welt, aus Bundesparlament und Landesprovinz verfolgt ihn von Sonnenauf- bis -untergang.

Gestresst von der selbst auferlegten Pflicht, meine Nase frühmorgens in zwei Tageszeitungen zu stecken, bin ich nicht unbedingt darauf aus, auch noch über den Tag den Müll zusammenzukehren, den unzählige Nachrichtensender auf dem Globus gesammelt haben, um ihn mir zum seelischen Recyceln anzubieten. Irgendwann muss man sich als Normalbürger ja einmal fragen, ob es dem Menschen noch gut tut, wenn er über jeden rauchenden Colt zwischen Hamburg und Haiti informiert wird, bis hin zu dem berühmten Sack Reis, der in China umfällt.

Damit wäre ich bei einem der guten Vorsätze, die ich im neuen Jahr pflegen will: Ich will ein Nachrichtenmüllsortierer werden, will mir Informationen aus der täglichen Flutwelle der Medienberichterstattung nur noch in solchem Umfang zu Gemüte führen, der mein Herz nicht mehr aus seinem Rhythmus bringt. Ich will 2005 das wahre Leben leben, in dem Dollar, DAX und Dosenpfand, Bush, Benzin und Börse nicht mehr die Qualität meines Lebens einengen.

Geholfen hat mir auf dem Weg zu dieser Einsicht auch mein schnurrender Hausgenosse, der in der Silvesternacht ebenfalls eine Last über Bord geworfen zu haben schien, die ihm das Leben bisher sauer machte.

Eingedenk nicht nur katzenfreundlicher Überschriften in den Tageszeitungen (»Haustiere leiden unter krachenden Böllern!«) quälte ich mich mit der Frage, ob auch unser Sofatiger wie früher in der Neujahrsnacht aufgrund der Knallerei Höllenqualen leiden würde. Ich erinnerte mich der vergangenen Jahre, in denen er jammernd Zuflucht in den entlegensten Winkeln des Hauses suchte und noch Tage danach mit Schwanz und Schnurrhaaren zitterte.

Und nun dieses Jahr. Das Tier, mittlerweile in die Jahre gekommen, rührte sich nicht, als um Mitternacht das Inferno losbrach, die Raketen explodierten und der Himmel loderte. Es hat sich mit den Jahren eine Schwerhörigkeit zugelegt, die dem bösen Weltgeschehen den Einlass in seinen Gehörgang versperrt. Gewissermaßen trägt der Tiger jetzt eine Schranke vor den siebzehnjährigen Ohren: Einlass verboten.

Eine wie ich, die ihre Lebensweisheiten gern den kleinen Dingen ringsherum ablauscht, hat in dieser Silvesternacht etwas für sich ausgemacht und den Entschluss gefasst, im neuen Jahr die Ohren öfter mal auf Durchzug zu stellen, wenn das Geschehen in der bösen Welt ihr die Nerven zu zerfetzen droht. Ein wenig Schwerhörigkeit, damit man es ringsum nicht so laut krachen hört, dass man Schaden nimmt – wäre das nicht ein beneidenswerter Zustand, der die Lebensqualität erheblich steigern könnte?

Dass Ihnen, liebe Freundin, lieber Freund, der Lärm der Welt im neuen Jahr nicht allzu sehr in die Ohren geht und aufs Gemüt schlägt, dass Sie, wo es Not tut, ein Quäntchen Schwerhörigkeit einschalten können zugunsten eines friedlichen Seelenlebens, das wünsche ich Ihnen von Herzen.

Fastfood – einfach wunderbar!

Darf ich Sie einmal fragen, ob Sie Gourmet sind oder Gourmand? Ich setze voraus, dass Sie den Unterschied kennen zwischen dem exklusiven Esser und dem mit der Schaufelbaggerzunge.

Der Herr, von dem diese Geschichte erzählt, ist weder der einen noch der anderen Kategorie zuzuordnen. Er zählt zu den ganz Bescheidenen, stellt keine großen Ansprüche an Fantasie und Produktion der heimischen Küche. Vielleicht aber auch nur deshalb, weil ihm durchweg seine Lieblingsgerichte aufgetischt werden, steht ihm nie der Sinn nach Nörgelei und Unzufriedenheit.

In den nicht enden wollenden Tagen der Schlemmerei und Völlerei der vergangenen festlichen Zeit trug es sich nun zu, dass die Hausfrau jenes ins Bild gesetzten Herrn keine Lust mehr verspürte auf triviale Küchenarbeit. Viermal täglich Dienst an Kochtopf, Tisch und Spüle, während die Familie fernsieht – irgendwann ist die Lust am Programm überfordert und der Frust schafft nicht einmal mehr durch die Dunstabzugshaube den Weg hinaus ins Freie.

In solchen Fällen hilft nur eines, die Hausfrau sucht nach einem Schleichweg aus der Bredouille. Sie fragt den Gatten:

»Was meinst du, muss ich heute kochen?«

»Aber keinesfalls, ich bitte dich, wir haben doch gerade erst gefrühstückt!«

Hausfrau gegen Abend, als der Magen nach Torte und Plätzchen doch sein Recht auf ein kleines deftiges Etwas anmeldet: »Ich weiß nicht recht ...«

Jüngstverwandter (zu Besuch) mit jubelndem Unterton: »Lasst uns doch zu McDonald's fahren!«

Gatte liest, unbeeindruckt von der Debatte.

Hausfrau: »Bist du einverstanden? Mit McDonald's?«

»Aber selbstverständlich.« Erhebt sich willig.

Man bricht auf zur Futterkrippe am Stadtrand. Motorisiert natürlich, Drive-in. Studium der Fressplakate, leises Motorsummen, jetzt gib Gas, der vor uns hat die Tüte schon. Hausfrau zum Gatten: »Was möchtest du?«

Jüngstverwandter eilig: »*Ich* nehme einen Hamburger TS Royal mit Mixgetränk. Oder warte mal, vielleicht auch einen Cheeseburger ... Oder Chicken McNuggets Fünfer. Oder doch lieber das Happy Meal? Ja, ich nehme bitte das Happy Meal B.«

Gatte zuckt die Schultern. Zur Hausfrau gewandt: »Such du mal aus, du machst das schon richtig.«

Hausfrau ordert Happy Meal und zweimal Chicken

McNuggets Fünfer mit süßsauer, dazu Cola light. Macht zehn Euro 98. Spielzeug gibt's gratis. Dreimal Snoopy in Plastik, mit Hut und ohne. Danke. Sehr freundlich. Und einen schönen Abend noch.

Hausfrau packt daheim die Tüten aus. Legt dem Gatten vor. Hühnergepresstes in Einheitsform und Fritten.

Gatte eilt nach Besteck aus der Schublade.

Jüngstverwandter: »Das ist Fingerfood, das isst man *so.*« Schleckt sich die Ketchupfinger. Gatte lächelt, rückt den Chicken picks unbeeindruckt mit Messer und Gabel zu Leibe. Kaut hohl, recht lange, schluckt krampfhaft.

Hausfrau: »Schmeckt's dir?«

Gatte: »Wunderbar.« Saugt am Strohhalm Cola light, ein recht ungewohntes Bild, bekommt einen Hustenanfall.

Jüngstverwandter hält eilfertig die große Tüte hin, wo alles drin war und der Rest wieder reinkommt.

Gatte wehrt ab. »Schon gut, danke, danke.«

Hausfrau heuchlerisch: »Schmeckt es dir wirklich?«

Gatte rückt den Teller wie unbeabsichtigt ein Stück weiter. »So gut, dass ich mir für morgen noch was aufheben möchte.«

Hausfrau ruchlos, verworfen: »Wie findest du die moderne Fastfoodverpflegung, den Trend aus der Tüte? Gefällt dir so was?« (Der Gatte war noch nie bei McDonald's.)

Gatte: »Wunderbar. Doch, ich finde es wunderbar.«

Hausfrau aufhorchend, Verdacht schöpfend, Achtung, der Gatte sagt immer wunderbar, wenn's brenzlig wird.

Gatte wechselt das Vokabular, kann manchmal Gedanken lesen. »Vollendet.«

Jüngstverwandter. »McDonald's ist doch was Besonderes. Aber nicht für dich, stimmt's?«

Gatte: »Sicher.« Sarkastisch: »Wer kann eine Familie schon für zehn Euro 98 zum Essen ausführen? Doch, ich bin begeistert.«

Schweigen, Grinsen, Kichern, alles in einem.

Gatte: »Was ist das für'n Saft?« (Meint die Cola light, die zugedeckelt ist und sich nur mit Strohhalm trinken lässt.)

Hausfrau: »Jeder Mensch kennt Cola light, nur du nicht. Ist mal wieder typisch, du und diese Zeit.«

Gatte: »Hm, ein toller Saft. Kommt der von der Firma Nemo?« Beguckt sich die Becherreklame.

Jüngstverwandter. »Nemo ist der Fisch, für den sie werben. Der schwimmt als Hit zurzeit im Kino.« Rollt mit den Augen.

Gatte: »Hm.« (Liest nur Politisches, war das letzte Mal vor dreißig Jahren im Kino.)

Allgemeines Seufzen über einem leeren, einem halb und einem fast ganz gefüllten Teller.

Hausfrau, leicht ironisch: »Das war dann wohl nichts, dieses Ausweichen ins Reich der Fastfoodfans, in dem außerdem noch Fische werben.«

Allgemeines Seufzen wird wiederholt.

Gatte: »Doch, doch, es hat mir wunderbar gefallen.«

Hausfrau bissig: »Wann möchtest du denn da mal wieder hin?«

Gatte: »In zwei Jahren!«

Liebe Freundin, lieber Freund, vielleicht sind Sie besser dran und haben wahre Fastfoodfreunde zu Hause. Ich werde morgen wieder nonstop in die (Küchen-)Pflicht genommen. So wird das nichts mit meiner schönen Drückebergerei vor Herd und Spüle. Ich bitte um ein mitleidiges »Oooooch …«, denn erst in zwei Jahren darf ich wieder an Chicken picks von McDonald's denken.